月の影 影の海

上 巻

十二国記

小野不由美著

新 潮 社 版

9474

目次

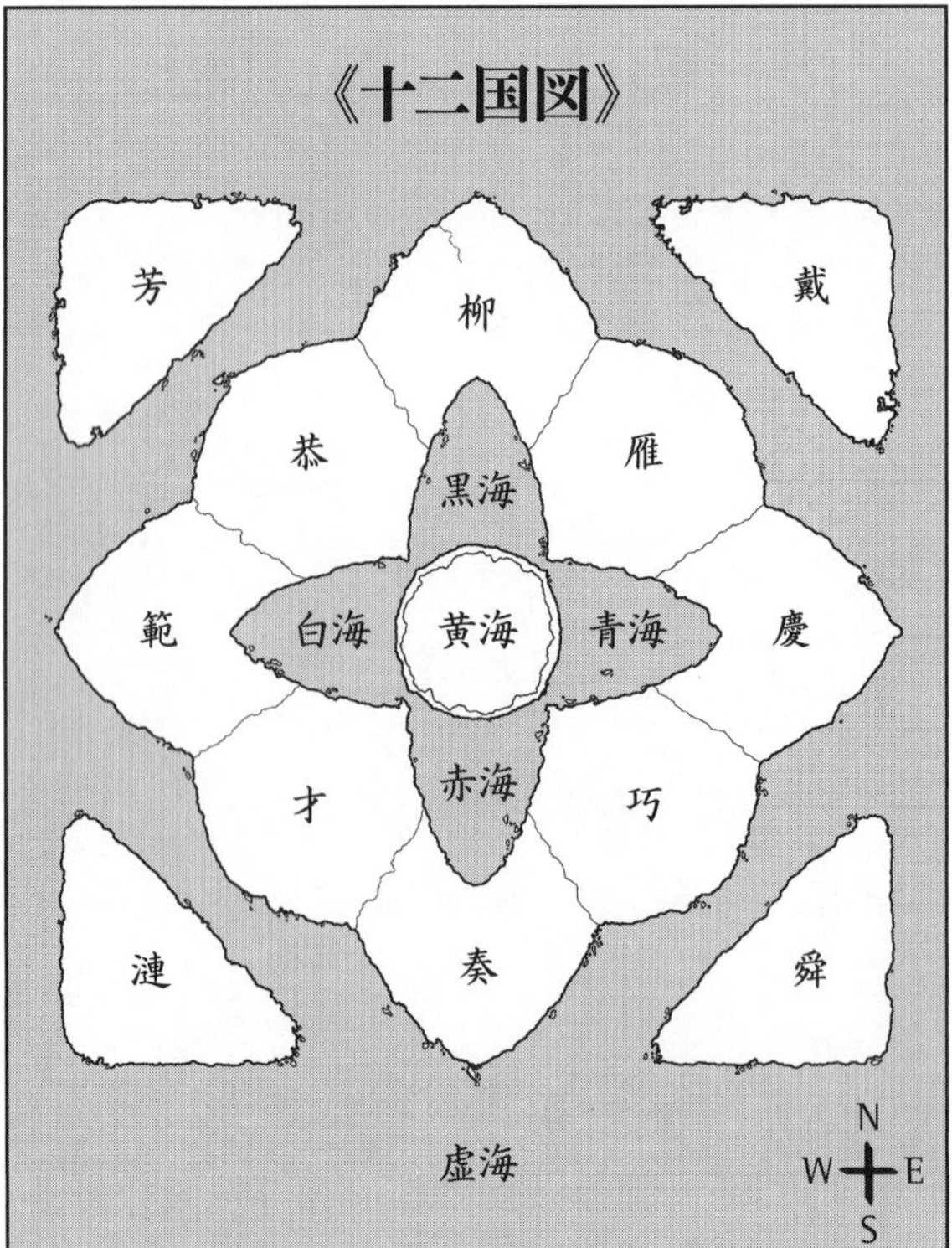
《十二国図》
芳
柳
戴
恭
雁
黒海
範
白海
黄海
青海
慶
赤海
才
巧
漣
奏
舜
虚海
N
W
E
S

《巧国北方図》

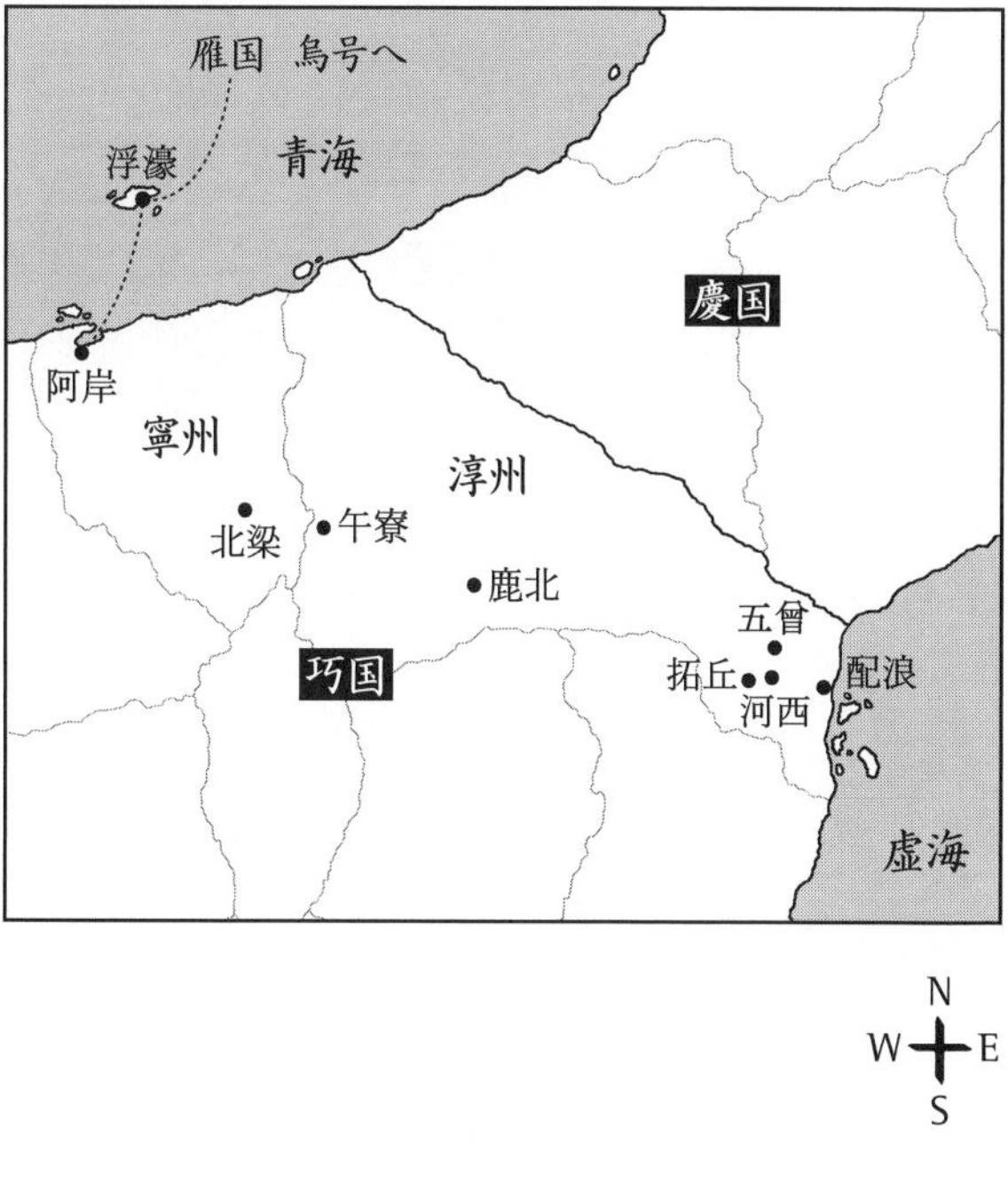

月の影　影の海（上巻）　十二国記

イラスト　山田章博

一章

1

漆黒《しっこく》の闇《やみ》、だった。

彼女《かのじょ》はその中に立ち竦《すく》んでいる。

どこからか、高く澄《す》んだ音色で滴《しずく》が水面を叩《たた》く音がしていた。細い音は闇に谺《こだま》して、まるで真っ暗な洞窟《どうくつ》の中にでもいるようだが、そうでないことを彼女は知っていた。

闇は深く、広い。その天もなく地もない闇の中に、薄《うす》く紅蓮《ぐれん》の明かりが点《とも》った。遥《はる》か彼方《かなた》で炎《ほのお》でも燃え盛《さか》っているように、紅蓮の光は形を変え、踊《おど》る。

赤い光を背にして無数の影《かげ》が見えた。異形《いぎょう》の獣《けもの》の群れだった。

こちらは本当に躍《おど》りながら、明かりのほうから駆《か》けてくる。猿《さる》がいて鼠《ねずみ》がいて鳥がいる。様々な獣の姿をしていたが、どの獣もどこかが少しずつ図鑑《ずかん》で見る姿とは異なっていた。しかもそのどれもが、実際の何倍も大きい。赤い獣と黒い獣と青い獣と。

前肢《まえあし》を振《ふ》り上げ、小走りに駆ける。あるいは跳躍《ちょうやく》し、宙を旋回《せんかい》し、まるで陽気な祭りの行列でも近づいてくるようだった。陽気といえば陽気には違《ちが》いなく、祭りといえば祭りには違いない。

異形の者たちは犠牲者《ぎせいしゃ》を目掛《めが》けて走っているのだ。生贄《いけにえ》を血祭りに上げる歓喜《かんき》に、小躍りしながら駆けてくる。

その証拠《しょうこ》に殺意が風のように吹《ふ》きつけてきていた。異形の群れの先頭まで、もう四百メートルもないだろう。どの獣も大きく口を開けて、声は一切《いっさい》聞こえなかったが、歓声を上げているのだと表情で分かる。声もなく足音もなく、ただ洞窟で水が滴《したた》るような音だけが続く。

彼女は駆けてくる影を眼《め》を見開いて注視していた。

――あれが来たら、殺される。

そう理解できても身動きできない。おそらくは八つ裂《ざ》きにされ、喰《く》われるのだろうと思ったが、まったく身体《からだ》が動かなかった。たとえ身体が動いたにしても、逃《に》げる場所もなく戦う術《すべ》もない。

身体の中で血液が逆流する気がする。その音が耳に聞こえるような気がする。それはひどく潮騒《しおさい》に似ていた。

見つめる間に、距離《きょり》は三百メートルに縮まった。

陽子《ようこ》は飛び起きた。

蟀谷《こめかみ》を汗《あせ》が伝う感触《かんしょく》がして、眼に強い酸味を感じる。慌《あわ》てて何度も瞬《まばた》きをして、そうしてやっと深い息をついた。

「夢……」

声に出したのは確認《かくにん》しておきたかったからだった。ちゃんと確認をして、自分に言い聞かせていないと不安になる。

「あれは、夢なんだ」

夢にすぎない。たとえそれが、このところ一月《ひとつき》に亘《わた》って続いている夢だろうと。

陽子はゆっくりと首を振る。部屋の中は厚いカーテンのせいで暗い。枕許《まくらもと》の時計を引き寄せてみると、起きる時間には少し早かった。身体が重い。手を動かすのにも足を動かすのにも粘《ねば》りつくような抵抗《ていこう》を感じた。

あの夢を初めて見たのは一月ほど前だった。

最初は単なる闇でしかなかった。高く虚《うつ》ろに水滴《すいてき》の音がして、真っ暗な闇の中に自分がただ独りで佇《たたず》んでいる。不安で不安で逃げ出したくても身動きができない。

闇の中に紅蓮の明かりが見えたのは、同じ夢が三日続いたあとだった。夢の中の陽子は、明かりのほうから怖《こわ》いものが来ることを知っていた。ただ闇の中に光がある、それだけの夢に悲鳴を上げて飛び起きて、それを五日も続けたころに影が見えた。

それは最初、赤い光の中に浮《う》かんだ黒い染《し》みのように見えた。何日か同じ夢を見るうちに、影が近づいてくるのだと分かった。それが何かの群れだと分かるまでに数日がかかり、異形の獣だと分かるまでにさらに数日を要した。

そうして、と陽子はベッドの上のぬいぐるみを引き寄せた。

──もうあんなに近い。

一月をかけ、地平線からの距離を連中は駆け抜《ぬ》ける。おそらく明日か、明後日《あさって》には陽子のそばに辿《たど》り着く。

──そうしたら、自分はどうなるのだろう。

そう考えて陽子は頭を振った。

──あれは夢だ。

たとえ一月続いていても、ましてや日ごとに進む夢でも、夢は夢でしかないはずだ。言い聞かせても不安は胸を去らない。鼓動《こどう》は速くて、耳の奥《おく》で血液が駆け巡《めぐ》る潮騒のような音がしている。荒《あら》い呼吸が喉《のど》を灼《や》いた。しばらくの間、陽子は縋《すが》るようにしてぬいぐるみを抱《だ》きしめていた。

寝不足《ねぶそく》と疲労《ひろう》で重い身体を無理に起こして、セーラー服に着替《きが》えて下に降りた。何をするのもひどく億劫《おっくう》で、おざなりに顔を洗ってダイニング・キッチンに行く。

「……おはよ」

流しに向かって朝食の用意をしている母親に声をかけた。

「もう起きたの？　最近早いのね」

母親は言って陽子を振り返る。チラリと投げられた視線が陽子に止まって、すぐに険しい色になった。

「陽子、また赤くなったんじゃない？」

一瞬《いっしゅん》、何のことを言われたのか分からずに陽子はきょとんとし、それから慌てて髪《かみ》を手で束ねた。いつもならきっちり編んでからダイニングに顔を出すのだが、今朝は眠《ねむ》る前に編んだ髪を解《ほど》いて櫛《くし》を入れただけだった。

「ちょっとだけ染めてみたら？」

陽子はただ頭を振った。解けた髪がふわふわと頰《ほお》を擽《くすぐ》った。

陽子の髪は赤い。もともと色が薄いうえに、陽《ひ》に灼けてもプールに入ってもすぐに色が脱《ぬ》けてしまう。背中まで髪を伸《の》ばしているが、伸ばすと毛先の色が脱ける。おかげで本当に脱色したような色になってしまっていた。

「でなきゃ、もっと短く切る、とか」

陽子は無言で俯《うつむ》く。大急ぎで髪を編んだ。きっちり三つ編みにすると、少しだけ色が濃《こ》く見える。

「誰《だれ》に似たのかしら……」

　母親は険しい顔で溜息《ためいき》をついた。

「この間、先生にも訊《き》かれたわよ。本当に生まれつきなんですか、って。だから染めてしまいなさい、って言ってるのに」

「染めるのは禁止されてるから」

「だったらうんと短く切れば？　そうしたら、少しは目立たなくなるわよ」

　陽子は項垂《うなだ》れる。母親はコーヒーを淹《い》れながら、冷たい口調で続けた。

「女の子は清楚《せいそ》なのがいちばんいいのよ。目立たず、穏和《おとな》しくしてるのがいいの。わざわざ目立つよう、派手な恰好《かっこう》をしてるんじゃないか、なんて疑われるのは、恥《は》ずかしいことよ。あなたの人間性まで疑われてる、ってことなんだから」

　陽子は黙《だま》ってテーブルクロスを見つめる。

「その髪を見て顔を顰《しか》める人もいると思うの。遊んでる、って思われるのも嫌《いや》でしょ。お金をあげるから、帰りに切ってらっしゃい」

　陽子は密《ひそ》かに溜息をつく。

「陽子、聞いてるの？」

「……うん」

　答えながら窓の外に目をやった。憂鬱《ゆううつ》な色の冬空が広がっていた。二月半ば、まだまだ寒さは厳しい。

2

陽子が通っているのは平凡《へいぼん》な女子校だった。女子校であるということ以外、何の特《とく》徴《ちょう》もない私立高校。父親が断固として選んだ学校だった。

陽子の中学時代の成績は比《ひ》較《かく》的良いほうだったから、もっと上のレベルの学校も狙《ねら》えたし、事実教師は強く他の学校を勧《すす》めたのだが、父親は譲《ゆず》らなかった。家から近いこと、悪い気風も、反対に華《はな》やかな校風もないこと、いまどきにしては堅《かた》い校風が気に入ったらしい。

最初は模試の成績票を見て惜《お》しそうにしていた母親も、すぐに父親に追従した。両親が頷《うなず》けば陽子には選《せん》択《たく》の余地がない。少し離《はな》れたところに制服が気に入っている学校があったが、制服に拘《こだわ》って駄《だ》々《だ》を捏《こ》ねるのも気が咎《とが》めたので、黙ってそれに従った。そのせいかどうか、入学して一年が過ぎようとしている学校には、いまも特に愛着が湧《わ》かない。

「おっはよー」

陽子が教室に入ると、明るい声がした。二、三の女の子が陽子に向かって手を挙げている。中の一人が駆け寄ってきた。

「中嶋《なかじま》さん、数学のプリントやってる？」

「うん」

「ごめーん。見せて」

陽子は頷く。窓際《まどぎわ》にある自分の席に着いてプリントを引っ張り出した。数人の女の子が机のまわりに集まって、さっそくそれを写し始める。

「中嶋さんって真面目《まじめ》なんだねえ。さっすが、委員長」

言われて陽子は曖昧《あいまい》に微笑《わら》う。

「ホント、真面目。あたし宿題なんて嫌《きら》いだから、すぐ忘れちゃう」

「そう、そう。やろうと思ってもよく分かんないし。ダラダラ時間かかって、それで眠くなっちゃうんだよね。頭のいい人はいいよなぁ」

「こんなの、一瞬で終わっちゃうんでしょ」

陽子は慌てて首を振る。

「そ、そんなことない」

「じゃ、勉強が好きなんだ」

「まさか」

陽子は笑ってみせた。

「うち、母親が煩《うるさ》くて」

それは事実ではなかったが、こう言っておいたほうが角が立たない。

「寝る前にいちいちチェックするから、嫌になっちゃう」

母親はむしろ陽子が勉強することを嫌う。――父親が、と言ったほうがいいのかもしれないが。だからといって成績などどうでもいいというわけではない。それでも、塾《じゅく》に行く時間があったら家事を覚えなさい、というのが両親の言い分だった。にもかかわらず陽子が真面目に勉強をするのは、好きだからというわけではない。ただ、教師に叱《しか》られるのが怖いからだった。

「ひゃあ。厳しい」

「分かる、分かる。ウチもだよぉ。人の顔見ると、勉強しろってさぁ。自分はそんなに勉強が好きだったのか、ってーの」

「だよね」

どこかほっとしながら陽子が頷いたとき、そばに立った女の子が小さな声を上げた。

「あ、杉本《すぎもと》だ」

教室に一人の少女が入ってくるところだった。

チラチラと全員の視線が向けられて、そうしてすぐに離れていった。しんと空々しい空気が流れる。

その生徒を無視するのが、ここ半年ほどクラスで流行《はや》っている遊びだった。彼女《かのじょ》はそんなクラスの様子を上目遣《づか》いに見渡《みわた》してから深く俯いた。及《およ》び腰《ごし》に陽子のほうに歩いてくると左隣《ひだりどなり》の席に腰を降ろす。

「中嶋さん、おはよう」

遠慮《えんりょ》がちに声をかけられて陽子は反射的に返事をしそうになり、慌ててそれを呑《の》み込《こ》んだ。いつだったか、うっかり返事をして、あとでクラスメイトに皮肉を言われたことがある。

それで黙ったまま気がつかなかったふりをした。くすくすと周囲で忍《しの》び笑いが起こる。笑われたほうは傷ついたように俯いたが、物言いたげに陽子に視線を寄越《よこ》すのをやめなかった。それを感じながら、陽子は周囲の会話に相槌《あいづち》を打つ。無視される彼女を哀《あわ》れに思うけれども、情けをかけて周囲に逆らえば今度は自分が被害者《ひがいしゃ》になる。

「あの……中嶋さん」

隣からおずおずとした声が聞こえたが、陽子はこれにも気がつかなかったふりをした。故意に無視する気分は苦い。それでも陽子には、ほかにどうすればいいのか分からなかった。

「中嶋さん」

彼女は辛抱《しんぼう》強く何度も繰《く》り返《かえ》す。そのたびに周囲の声が途切《とぎ》れ、やがてその場に集まっていた全員が彼女のほうに冷たい視線を向けた。陽子もそれ以上無視することができなくて、上目遣いに自分を見ている相手に目を向ける。視線は向けたが、返答はしなかった。

「あの……数学の予習やってる?」

彼女の気後《きおく》れしたような声に、陽子の周囲がどっと笑い崩《くず》れた。

「……いちおう」

「悪いけど、見せてくれない?」

数学の教師は授業で当てる生徒を前もって指名する。そういえば彼女が今日指名されていたことを陽子は思い出した。

陽子は視線を友人たちに向ける。誰も何も言わず、同じ色の視線でそれに応《こた》えた。全員が、彼女を拒絶《きよぜつ》する陽子の言葉を期待しているのだと分かる。陽子は苦いものを呑み下した。

「まだ、見直しをしたいところがあるから」

婉曲《えんきよく》な拒絶は観客の気に入らなかったようだった。すぐさま声がかかる。

「中嶋さんって、優《やさ》しーい」

不甲斐《ふがい》ない、と暗に責めている声だ。陽子は無意識のうちに身を竦《すく》めた。別の生徒がそれに同意する。

「中嶋さん、ピシャッと言えばいいのに」

「そうそう。あんたなんかに、声をかけられるの、迷惑《めいわく》だって」

「世の中にはハッキリ言わないと分からないバカっているからさぁ」

陽子は返答に困る。周囲の期待を裏切る勇気は持てないけれど、同時にまた、隣の席で俯いているクラスメイトにあえて酷《ひど》い言葉を投げつける勇気も持てなかった。それで陽子はただ困ったように微笑う。

「……うーん」

「ホントに中嶋さんって、人が好《い》いんだから。だから誰かさんみたいなのに、アテにされるんだって」

「あたし、いちおう委員長だし……」

「当たるのが分かってるのに、やってこないほうが悪いんだって。そんな奴《やつ》の面倒《めんどう》まで見ることないよぉ」

「そうかな」

「そう。――第一」

と、言った生徒は酷薄《こくはく》な笑《え》みを浮《う》かべた。

「杉本なんかにノートを貸したら、ノートが汚《よご》れるじゃない」

「あ、それは困るかも」

「でしょお？」

どっ、と再び全員が笑い崩れる。一緒《いっしょ》に笑いながら、陽子は視野の隅《すみ》で隣の席の様子を窺《うかが》う。深く俯いた少女は、涙《なみだ》を零《こぼ》し始めた。

——杉本さんにも、責任はある。

陽子はそう自分に言い聞かせる。誰もが理由もなく被害者を決めるわけではない。被害者になったからには、彼女の中にそれなりの要因があるのだ。

3

——天もなく地もない闇《やみ》の中に、高く高く虚《うつ》ろに水滴《すいてき》の音がする。

陽子はその闇の中に立っていた。

顔が向いた方向に、薄《うす》く紅蓮《ぐれん》の明かりが見える。その光を背に無数の影《かげ》が蠢《うごめ》いている。異形《いぎょう》の獣《けもの》の群れが躍《おど》りながら駆《か》けてくる。

群れと自分との間はもう二百メートルほどしかない。異形の者たちが大きいだけに、それは恐《おそ》ろしく短い距離《きょり》に思える。哄笑《こうしょう》の形に口を開けた大きな猿《さる》の、赤い毛並みが光を弾《はじ》いて、跳躍《ちょうやく》するたびに盛り上がっては伸《の》びる筋肉の動きが見てとれる。もうそれだけの距離しかない。

身体《からだ》を動かすことも声を上げることもできなかった。眦《まなじり》が裂《さ》けるほど眼を見張って、近づいてくる群れを見守っているしかない。

走る。跳躍する。躍るように駆けてくる。吹《ふ》きつけてくる殺意は突風《とっぷう》のように呼吸を詰《つ》まらせた。

——起きなきゃ。

あれが辿《たど》り着く前に、夢から覚めなければ。

そう念じても目覚める方法が分からない。意思の力で起きることができるのなら、とっくにそうしている。

なす術《すべ》もなく見つめる間に、距離はさらに半分に縮まった。

——起きなきゃ。

歯ぎしりするほどの焦燥《しょうそう》に襲《おそ》われる。身内で渦巻《うずま》いて肌《はだ》を突《つ》き破りそうだ。荒《あら》い呼吸と速い鼓動《こどう》と、駆け巡《めぐ》る血潮が海鳴りに似た音を立てる。

——どうにかして、ここから逃《に》げなければ。

そう思ったとき、突然頭上に気配を感じた。殺気が陽子を押《お》し潰《つぶ》す勢いで落下してくる。陽子は夢の中で初めて身動きをした。頭上を振《ふ》り仰《あお》いだ。

茶色の翼《つばさ》が見えた。同じく茶色の逞《たくま》しい脚《あし》と、恐ろしく鋭《するど》く太い爪《つめ》と。

逃げる、という意図さえ念頭に浮かぶ暇《ひま》がなかった。一瞬《いっしゅん》、身体の中の潮騒《しおさい》が強くなって、陽子はただ悲鳴を上げた。

「中嶋さん！」

陽子はとっさにその場を逃げた。身体が逃げることを切望していて、思わずそれに従ってしまった。逃げたあとでようやく周囲の様子が目に入る。

呆《あき》れた表情の女教師と、同じく呆れた表情の生徒たち。一拍遅《いっぱくおく》れて、どっと笑いが湧《わ》いた。

安堵《あんど》の息をついてから、陽子は俄《にわか》に赤くなった。

眠《ねむ》っていたのだ。このところ夢のせいで寝《ね》つきが悪く、眠りも常に浅かった。ずっと寝不足気味だったから授業中にトロトロしたことはよくあるが、夢を見たのは初めてだった。

ツカツカと女教師が近づいてきた。どういうわけだか陽子を目の敵《かたき》にしている教師だった。よりによって、と陽子は唇《くちびる》を噛《か》む。陽子は概《おおむ》ね教師に受けが良かったが、いくら従順に振るまっても、この英語教師とだけは巧《うま》くやっていくことができなかった。

「……まったく」

彼女はそう言って教科書で陽子の机を叩《たた》く。

「居眠りをする生徒ならいますけどね、寝呆《ねぼ》けるほどゆっくりお休みいただいたのは、初めてですよ」

陽子は項垂《うなだ》れて席に戻《もど》る。

「あなたは何をしに学校へ来てるんですか。眠いんだったら家で寝ていればいいでしょう。授業が嫌《いや》なら、なにも無理に来ていただかなくてもいいんですよ」

「……済みません」

教師は教科書の角で机を叩く。

「それとも、そんなに夜遊びで忙《いそが》しいの？」

どっと生徒たちが笑った。衒《てら》いもなく笑った生徒の中には、友達《ともだち》の姿も交じっている。聞こえよがしの笑い声が左隣からも聞こえた。

女教師は軽く、一つに編んで背中に垂らした陽子の髪《かみ》を引っ張った。

「これ、生まれつきなんですって？」

「……はい」

「そう？　わたしの高校の友達にもいたわね、こういう髪の人が。なんだか彼女を思い出すわ」

そう言ってから教師は笑う。

「もっとも、その人はあなたと違《ちが》って脱色《だっしょく》してたんだけど。三年のときに補導されて学校を辞《や》めちゃったの。いまごろどうしてるかしら。懐《なつ》かしいわ」

教室のあちこちで、忍び笑う声が起こる。

「――それで？　授業を受ける気があるの？　ないの？」

「……あります」

「そう？　じゃ、そうやって立ってなさい。そうすれば起きてられるでしょう？」

教師はそう命じて含《ふく》みのある笑い方をしてから、教壇《きょうだん》に戻った。

立ったまま授業を受けたその時間中、教室の中では忍び笑いが絶えることがなかった。

陽子はその日の放課後、担任の呼び出しを受けた。どうやら英語の時間の所行《しょぎょう》が耳に入ったらしい。

職員室に呼び出されて、どういう生活をしているのか長々と問《と》い質《ただ》された。

「夜遊びをしてるんだろう、と言う先生もいるしな」

中年の担任はそう言って顔を顰《しか》める。

「どうなんだ？　何か夜更《よふ》かしをするような事情でもあるのか」

「……いえ」

まさかあんな夢の話を他人にできない。

「夜遅《おそ》くまでテレビでも見てるのか」

「いえ、あの……」

陽子は慌《あわ》てて理由を探す。

「中間テストで成績が落ちたので……」

担任はあっさり納得《なっとく》したようだった。

「ああ、そういやちょっと悪かったな。それでか。——だがな、中嶋」

「はい」

「いくら家で夜遅くまで勉強しても、肝心《かんじん》の授業を聞いてなきゃ意味がないぞ」

「済みません」

「謝《あやま》ってもらうようなことじゃないが。中嶋は誤解されやすいんだよ。結構その髪の毛が目立つんだよなあ。それ、何とかならんか？」

「今日、切ろうと思ってたんです……」

「そうか」

そう言って担任は頷《うなず》く。

「女の子だからなあ。嫌だろうけど、そのほうがお前のためだと思うぞ、先生は。染めてるだの、遊んでるだのと言う先生もいるしな」

「はい」

担任は陽子に手を振る。

「じゃ、帰っていいから」

「はい。失礼します」

陽子は頭を下げる。そのときだった。背後から声をかけられたのは。

4

「……見つけた」

声と一緒に微《かす》かに海の匂《にお》いがした。

担任が不審《ふしん》そうに陽子の背後を見て、それで陽子も振り返る。

陽子の後ろには若い男が立っていた。まったく見覚えのない顔だった。

「あなただ」

男は真《ま》っ直《す》ぐ陽子を見て言う。年は二十代後半といったところだろう。ぽかんとするくらい奇妙《きみよう》な男だった。裾《すそ》の長い、着物に似た服を着ている。能面のような顔に髪を膝《ひざ》裏《うら》に届くほど長く伸ばして、それだけでも尋常《じんじよう》でなく奇妙だというのに、その髪が取って付けたように薄い金色をしている。

「誰《だれ》だ、君は」

担任が咎《とが》めるように訊《き》く。男はそれを気にしたふうもなく、さらに啞然《あぜん》とするようなことをやってのけた。陽子の足許《あしもと》に膝を突いて、深く頭を下げたのだ。

「……お捜《さが》し申し上げました」

「中嶋、お前の知り合いか？」

担任に訊かれ、ぽかんとしていた陽子は慌てて首を振った。

「違います」

あまりに異常な事態に、陽子はもちろん、担任も巧く反応ができないようだった。困《こん》惑《わく》した気分で見つめていると、男は立ち上がる。

「どうか私とおいでください」

「はぁ……？」

「中嶋、何なんだ、こいつは」

「分かりません」

訊きたいのは陽子のほうだった。救いを求めて担任を見る。職員室に残っていたほかの教師たちが怪《け》訝《げん》そうに集まってきていた。

「何だ、お前は？　校内は関係者以外は立ち入り禁止だぞ」

担任がやっとそれに思い至ったように強く言うと、男は無表情に教師を見返す。少しも悪びれたところがなかった。

「あなたには関係がない」

冷たく言って周囲に集まった教師たちを見《み》渡《わた》す。

「あなた方もです。退《さが》りなさい」

あまりにも居丈高《いたけだか》な物言いに誰もがまず驚《おどろ》いている。同じように驚くばかりの陽子を男は見据《みす》えた。

「事情なら、追々説明いたします。とにかく私とおいでください」

「失礼ですけど」

誰なんですか、と陽子が訊きかけたとき、ふいに間近で声が響《ひび》いた。

「タイホ」

人を呼ぶ語調の声に男が顔を上げる。この奇妙な男の名前なのかもしれなかった。

「どうした」

眉《まゆ》を顰《ひそ》めて男が問い返した方向にはしかし、声の主は見当たらなかった。

どこからともなく再び声が響いた。

「追っ手が。蹤《つ》けられていたようです」

能面のような顔が急に険しい表情になった。ただ頷いて陽子の手首を摑《つか》む。

「失礼を。——ここは危険です。こちらへ」

「……危険、って」

「説明をする余裕《よゆう》はありません」

ぴしゃりと言われて陽子は思わず身を竦《すく》める。

「すぐに敵が来ます」

「……敵？」

何とはなしに不安を感じて問い返したときだった。もう一度近くで声がした。

「タイホ、来ました」

見廻《みまわ》したけれど、やはり声の主の姿は見えない。教師たちが何か言いかけるのと同時だった。

——裏庭側の窓ガラスが割れたのは。

割れたのは陽子の間近の一枚だった。とっさに眼《め》を閉じた陽子の耳に、ガラスの砕《くだ》ける音に混じって悲鳴じみた叫《さけ》びが聞こえた。

「何だ!?」

担任の声に閉じた眼を開くと、教師はガラスが割れた窓に駆《か》け寄り、外を見廻していた。広い川に面した窓からは冷たい風《ふ》が吹き込んで、冷気と一緒に何やら生臭《なまぐさ》い臭気《しゅうき》を外から運んで来ていた。床《ゆか》には破片《はへん》が散乱している。比較《ひかく》的窓のそばにいたにもかかわらず陽子が破片を被《かぶ》らずに済んだのは、奇妙な男が盾《たて》になってくれたからだった。

「なに……？」

状況《じょうきょう》が把握《はあく》できずに問う陽子に、男がいくぶん冷ややかな声を出した。

「だから危険だと申し上げましたのに」

言って、改めて陽子の腕《うで》を掴む。

「こちらへ」

強い不安を感じた。掴まれた腕を振り解《ほど》こうとしたが、男はまったく離《はな》すふうがない。それどころかかえって強く引っ張る。蹈鞴《たたら》を踏《ふ》んでよろめいた陽子の肩《かた》に手を掛《か》けた。男を押《お》し留《とど》めたのは、担任だった。

「これは、お前の仕業《しわざ》か!?」

男は険を含んだ眼で担任を見る。上げた声は冷ややかで容赦《ようしゃ》がなかった。

「あなたには関係がない。退っていなさい」

「偉《えら》そうに、何だ、お前は。うちの生徒に何の用だ？　外に仲間でもいるのか」

男に向かって怒鳴《どな》ってから陽子を睨《にら》む。

「中嶋、どういうことなんだ」

「……分かりません」

訊きたいのは陽子のほうだった。首を振る陽子を男は引っ張る。

「とにかく、ここは」

「嫌です」

こういう誤解は恐《おそ》ろしい。こんな男と仲間だなんて思われたら。身を捩《よじ》って男の腕を振り解くと同時に、再びどこか上のほうから声がした。

「タイホ」

緊張《きんちょう》した声だった。教師たちが声の主を探すように周囲を見廻す。男は明らかに顔を蹙めた。

「まったく、頑迷《がんめい》な」

吐《は》き捨てるように言ってから、男はいきなり膝を突《つ》いた。反応する間も与《あた》えず陽子の足を摑まえる。

「ゴゼンヲハナレズチュウセイヲチカウトセイヤクスル」

口早に言うやいなや、陽子を睨み据えた。

「許す、と」

「何なの」

「命が惜《お》しくないのですか。――許す、と仰《おっしゃ》い」

語気荒《あら》く言われ、気圧《けお》されて陽子は思わず頷いていた。

「許す……」

次いで男が取った行動は、陽子を呆然《ぼうぜん》とさせるのに充分《じゅうぶん》だった。

一拍《いっぱく》おいて、周囲から呆《あき》れたような声が上がる。

「お前ら！」

「何を考えてるんだ！」

陽子はひたすら唖然としていた。この見ず知らずの男は頭《こうべ》を垂れて、摑まえた陽子の足の甲《こう》に額を当てたのだ。

「何を——」

するの、と言いかけて陽子は言葉を途切《とぎ》らせた。

立ち眩《くら》みがした。何かが自分の中を駆け抜《ぬ》けていって、それが一瞬《いっしゅん》、目の前を真っ暗にする。

「中嶋！　どういうことだ!?」

顔を真っ赤にした担任が怒声を上げるのと同時だった。

どん、と低い地響きのような音がして、裏庭側に残ったガラスというガラスが白く濁《にご》った。

5

その一瞬は、まるで大量の水が噴《ふ》き込んでくるように見えた。

砕け散ったガラスの破片が鋭利《えいり》な光を弾《はじ》いて水平に殺到《さっとう》してくる。

とっさに眼を閉じ、腕を上げて顔を背《そむ》けた。その腕に、顔に身体《からだ》に小さな痛みが吹きつけてくる。凄《すさ》まじい音がしたはずだが、陽子の耳には届かなかった。

小石のぶつかるような感触《かんしょく》が絶えたことを確認《かくにん》して眼を開けると、職員室はガラスの破片で光を撒《ま》いたように見えた。集まってきた教師たちがその場に蹲《うずくま》っている。陽子の足許には担任が身を伏《ふ》せていた。

大丈夫《だいじょうぶ》ですか、と問いかけて、彼《かれ》の身体に無数の破片が刺《さ》さっているのを発見する。教師たちが上げている呻《うめ》き声がようやく陽子の耳に入った。

陽子は慌《あわ》てて自分の身体を見降ろす。担任の脇《わき》に立っていたにもかかわらず、陽子の身体には傷一つなかった。

ただ驚くしかない陽子の足を担任が摑んだ。

「お前……何をしたんだ」

「あたしは、何も」

その血だらけの手を引き剝《は》がしたのは、あの奇怪《きかい》な男だった。

「行きましょう」

この男も無傷だった。

陽子は首を横に振《ふ》る。蹤いて行けば本当に仲間だと思われてしまう。それでも手を引かれるまま、つい足を動かしてしまったのは、その場に残るのが恐ろしかったからだった。敵が来る、という言葉には現実感がない。それよりも怪我人《けがにん》だらけで血の臭《にお》いの立ち込《こ》めた、この場所に留まっていることが怖《こわ》かった。

職員室を飛び出したところで駆けつけてきた教師に会った。

「どうした!?」

初老の教師は怒鳴り、陽子の脇にいる男に目を留めて眉を顰《ひそ》める。陽子が何を言うよりも早く、男が手を挙げて職員室を示した。

「手当てを。怪我人がいる」

それだけを言って陽子の手を引く。背後で教師が何かを叫んだが、何と言ったのかは分からなかった。

「どこへ、行くんですか」

陽子が声を上げたのは、男が階段を降りようとせず昇《のぼ》ろうとしたときだった。とにかくこの場を逃《に》げ出して家に帰りたい、そう意図して階下を指差す陽子の腕を、男は上に向かって引く。

「そっちは屋上……」

「いいから、こちらへ。そちらからは人が来る」

「でも」

「我々が行くとかえって迷惑《めいわく》をかける」

「迷惑、って」

「無関係な者を巻き込むことをお望みか」

男は屋上へ通じるドアを開く。強く陽子の手を引いた。

無関係な者を巻き込むということは、陽子は無関係ではないということなのだろうか。男が言った「敵」とは、いったい何だろう。訊《き》きたかったが、気後《きおく》れがした。

手を引かれるまま、半ばよろめくようにして屋上へ出たとき、背後から奇声が轟《とどろ》いた。

錆《さ》びた金具が軋《きし》むような声に、陽子は背後へと視線を走らせる。いま出てきたばかりのドアの上に影《かげ》が見えた。

茶色の翼《つばさ》。毒々しい色合いの曲がった嘴《くちばし》が大きく開かれ、興奮した猫《ねこ》のような奇声を上げている。

両翼《りょうよく》の先までが五メートルはあろうかという巨鳥だった。

——あれは。

搦《から》め捕《と》られたように身動きができなかった。

——あれは、夢の中の。

建物の屋根から、奇声と一緒《いっしょ》に濃厚《のうこう》な殺意が降ってくる。夜を迎《むか》え始めた曇天《どんてん》の空は暗い。大きな襞《ひだ》を見せる雲に、どこからか漏《も》れた夕陽《ゆうひ》が微《かす》かに赤い光を投げていた。

鷲《わし》に似たその鳥には角《つの》があった。首を振り、大きく一度羽搏《はばた》きすると、嫌《いや》な臭気のする風が圧力をもって吹きつけてきた。夢と同じように、陽子はそれをただ見ていた。

巨鳥の身体が舞《ま》い上がる。ごく軽く浮《う》き上がると、宙でもう一度羽搏きし、そうして急に翼の角度を変えた。

急降下してくる体勢だ、と陽子は呆然と思った。太い脚《あし》が陽子を真《ま》っ直《す》ぐに指している。茶色の羽毛に覆《おお》われた脚には、圧倒《あっとう》されるほど太く鋭《するど》い鉤爪《かぎづめ》が見えた。

陽子が衝撃《しょうげき》から立ち直る暇《ひま》もなく、鳥の身体が落下してくる。悲鳴を上げることさえできなかった。

陽子の眼は見開かれたままだったが、何も見ていなかった。それで肩に鈍《にぶ》い衝撃が当たったときにも、それが自分を引き裂《さ》く鉤爪のせいなのだとすんなり納得《なっとく》した。

「ヒョウキ！」

どこからか声が響《ひび》いて、目の前に暗い赤い色が流れた。

——血だ……。

そう思ったが、不思議にさほどの痛みは感じなかった。

陽子はようやく眼を閉じる。想像していたよりも楽そうだ、と思った。死ぬことはもっと恐ろしいことだと思っていたのだけれど。

「しっかりなさい！」

強い声の主に肩を揺《ゆ》すられて、陽子は我に返った。

男が顔を覗《のぞ》き込んでいた。背中にコンクリートの感触がして、左の肩にフェンスの硬《かた》い。

る。

「自失している場合ではない！」

陽子は跳《は》ね起きた。立っていたはずの場所から、かなり遠い場所に陽子は転《ころ》がってい
る。

奇声が響いて、ドアの前で巨鳥が翼を振っているのが見えた。

羽搏くたびに圧力のある風が吹く。鉤爪は屋上のコンクリートを刳《えぐ》っていた。爪が深
く食い込んで、鳥は身動きがとれないようだった。

苛立《いらだ》ったように大きく首を振る、その首に赤い獣《けもの》が喰《く》らいついているのが見えた。暗
い赤の毛並みに覆われた豹《ひょう》のような獣だった。

「……なに」

陽子は悲鳴を上げた。

「何なの、あれは！」

「だから危険だと申し上げたのに」

男は陽子を引き起こす。陽子は一瞬だけ男と鳥とを見比べた。

鳥と獣とは縺《もつ》れ合うようにして競《せ》り合いを続けている。

「カイコ」

男の声に呼ばれたように、コンクリートの床《ゆか》から一人の女が現れた。まるで水面に浮

かび上がってくるように羽毛に覆われた女の上半身が現れる。

女は鳥の翼のようなその腕に一本の剣《けん》を抱《だ》いていた。宝剣、といっていいような優美な鞘《さや》の剣だった。柄《つか》は金、鞘にも金の装飾《そうしょく》がある。宝石らしい石を散らし、珠飾《たまかざ》りをつけたその剣は到底《とうてい》、実用に堪《た》えるようには見えない。

男は女の腕から剣を取り上げる。手に取ったそれを真っ直ぐ陽子に突《つ》きつけた。

「……なに」

「あなたのものです。これをお使いなさい」

陽子はとっさに男と剣を見比べた。

「……あたしが？　あなたじゃなくて？」

男は不快げな顔をして剣を陽子の手に押《お》し込んだ。

「私には剣を振るう趣味《しゅみ》はない」

「こういう場合、あなたがそれで助けてくれるんじゃないの!?」

「生憎《あいにく》、剣技を知らない」

「そんな！」

手の中の剣は見かけよりも重い。とても自分に振り廻せるとは思えなかった。

「あたしだって知らない」

「穏和《おとな》しく殺されてしまうおつもりか」

「いや……」

「ではそれをお使いなさい」

陽子の頭の中は混乱の極致《きょくち》にあった。殺されたくない、という思念だけが強い。だからといって剣を振《ふ》り翳《かざ》して戦う勇気はない。そんな力や技量があるはずがない。剣を使えという声と、使えるはずがないという声と。両極の声が陽子に第三の行動を取らせた。

つまり、剣を投げつけたのだ。

「何を——愚《おろ》かな！」

男の声には驚愕《きょうがく》と怒《いか》りとが混じっている。

鳥を目掛けて陽子が投げた剣は、目標に届きもしなかった。打ち振るう翼の先をわずかに掠《かす》めて巨鳥の足許《あしもと》に落ちる。

「まったく。——ヒョウキ！」

舌打ちするのが聞こえそうな声だった。

男の声に鳥の翼に爪を立てていた暗赤色の獣が離《はな》れる。離れざま身を屈《かが》めて落ちた剣を啣《くわ》えると、矢のように陽子のほうへ駆け戻《もど》ってくる。

剣を受け取りながら男は獣に問う。

「持《も》ち堪《こた》えられるか」

「なんとか」

驚いたことに返答したのは、紛《まぎ》れもなくヒョウキと呼ばれた暗赤色の獣だった。

頼《たの》む、と短く言って男は黙《だま》って控《ひか》えていた鳥のような女に声をかける。

「カイコ」

女が頷《うなず》いたとき、細かな石が飛んできた。

巨鳥が爪を抜《ぬ》いてコンクリートの飛沫《ひまつ》が上がったところだった。

舞い上がろうとする巨鳥に赤い獣が跳《と》びつく。いつの間にか全身を現して宙に舞い上がっていた女がそれに加わった。女の脚は人そのもの、ただし羽毛に覆われて、さらに長い尾《お》がある。

「ハンキョ。ジュウサク」

男に呼ばれて女が現れたのと同じように、二頭の大きな獣が現れた。一方は大型犬に、一方は狒狒《ひひ》に似ている。

「ジュウサク、この方を。ハンキョ、ここは任せる」

「御意《ぎょい》」

二頭の獣は頭を下げた。

頷き返し、男は背を向ける。躊躇《ためら》いのない動きでフェンスに歩み寄ると、するりと姿を掻《か》き消した。

「……そんな！　待って！」

叫《さけ》んだときだった。狒狒に似た獣が腕《うで》を伸《の》ばした。

陽子の身体に手を掛《か》け、有無《うむ》を言わさず抱《かか》え込む。陽子はとっさに悲鳴を上げた。それを無視して狒狒は陽子を小脇に抱える。その場を蹴《け》ってフェンスの外に跳躍《ちょうやく》した。

6

狒狒は屋根から屋上へ、屋上から電柱へ、驚異的な跳躍を繰《く》り返して風のように駆《か》けた。

陽子がその乱暴な運搬《うんぱん》から解放されたのは街外れの海岸、港に面した突堤《とってい》の上だった。狒狒は抱えた陽子を地面に下ろし、陽子が息をついている間に一言もなく消え失《う》せた。どこへ消えたのかと周囲を見廻《みまわ》していると、積み上げられた巨大《きょだい》なテトラポッドの間から滑《すべ》り出るようにして宝剣を提《さ》げた男の姿が現れた。

「御無事か」

訊かれて陽子は頷く。目眩《めまい》がするが、これは狒狒の跳躍に酔《よ》ったせい、そうして次々に起こる常識外れの出来事のせいだと自覚していた。

足腰《あしこし》が萎《な》えてその場に坐《すわ》り込む。意味もなく涙《なみだ》が零《こぼ》れた。

「お泣きになっている場合ではない」

陽子はいつの間にか傍《かたわ》らに膝《ひざ》を突いた男を見た。いったい何が起こったのか。答えを求めて男を見上げたが、男には説明する気がないようだった。

陽子は眼を伏せる。男の態度はあまりにも素《そ》っ気《け》なくて、あえて質問をする勇気が出ない。それで震《ふる》える手で膝を抱いた。

「……怖《こわ》かった」

呟《つぶや》いた陽子に、男は強い口調で吐《は》き捨てるように言う。

「何を悠長《ゆうちょう》なことを言っておられる。じきに追ってくる。ゆっくり息を整えている猶予《ゆうよ》はないのですよ」

「追って……くる？」

驚《おどろ》いて見上げると、男は頷く。

「あなたがお斬《き》りにならなかったのだから仕方ない。ヒョウキたちが足止めをしているが、おそらくそんなには保《も》たないでしょう」

「あの鳥のこと？　あの鳥は何だったの？」

「コチョウ」

「コチョウって？」

男は軽蔑《けいべつ》したような眼つきをした。

「あれのことです」

陽子は身を竦《すく》める。そんな説明では分からない、という抗議《こうぎ》は声にならなかった。

「あなたは、誰《だれ》なんですか？　どうして助けてくれたんですか？」

「私はケイキです」

短く言ったきり、それ以上の説明はない。陽子は軽く溜息《ためいき》をついた。タイホというのが名前ではないの、と訊きたかったが、尋《たず》ねられるようなムードではなかった。

こんな得体《えたい》の知れない男の前から逃《に》げ出して、一刻も早く家に帰りたい。だが、教室に鞄《かばん》とコートを置いたままだった。とても独りで取りに戻る気にはなれないが、かといってこのまま家に帰るわけにもいかない。

「──もうよろしいか？」

途方《とほう》に暮れた思いで蹲《うずくま》っていると、唐突《とうとつ》にそう訊かれた。

「よろしい、って」

「もう出発してもよろしいか、とお訊きした」

「出発って、どこへ？」

「あちらへ」

あちら、というのがどこなのか、陽子にはまったく分からなかった。ただボンヤリしている陽子の手を男が摑《つか》んだ。腕を引かれて、これで何度目だろう、と思った。

どうしてこの男は満足な説明もなしに、陽子に何かを強制しようとするのだろう。

「……ちょっと待ってください」

「そんな暇《ひま》はない」

男は苛立った口調で言う。

「充分《じゅうぶん》お待ち申し上げた。これ以上の余裕《よゆう》はない」

「それは、どこなんですか？　どれくらいの時間がかかるの」

「真っ直ぐに行けば、片道に一日」

「そんな、困ります」

「何を」

咎《とが》めるように言われて、陽子は俯《うつむ》く。とりあえず行ってみようと思うには、男はあまりに得体が知れない。

片道に一日というのも陽子にとっては論外の数字だった。両親に何と言って家を空ければよいのか。頭の固い両親が、陽子の外泊など許すはずがない。

「……困ります」

なんだか泣きたかった。何一つ陽子には分からない。男は何も説明してはくれない。それなのに、こんな無理な要求を怖い顔で突きつけるのだ。

泣けばまた叱《しか》られるだろうから、必死で涙を怺《こら》えた。

ひたすら膝を抱いて黙り込《こ》んでいると、突然またあの声が響《ひび》いた。

「タイホ」

男は空を見上げる。

「コチョウか」

「はい」

ぞっ、と陽子の背筋を悪寒《おかん》が走った。あの鳥が追ってきたのだ。

「……助けてください」

男の腕を掴むと、男は陽子を振《ふ》り返る。手に提げた剣を突きつけた。

「命が惜《お》しければ、これを」

「でもあたし、こんなの使えません」

「これはあなたにしか使えない」

「あたしには、無理です！」

「ではヒンマンをお貸しする。――ジョウユウ」

呼ばれて地面から男の顔が半分だけ現れた。

岩でできたような、顔色の悪い男で、窪《くぼ》んだ眼《め》が血のように赤い。

するりと地中から抜《ぬ》け出したその首の下には身体《からだ》がなかった。半透明《はんとうめい》のゼリー状のものがクラゲのように纏《まと》いついているだけだ。

「……なに!?」

小さく悲鳴を上げた陽子をよそに、それは地中から滑り出る。真《ま》っ直《す》ぐ陽子に向かって飛んで来た。

「いや!」

逃げようとした陽子の腕をケイキが掴む。

逃げ出すに逃げ出せない陽子の首の後ろに、ごとんと重いものが載《の》った。あの首が載ったのだと分かった。冷たいぶよぶよとしたものが制服の衿《えり》の中へ潜《もぐ》り込んでくるのを感じて、陽子は悲鳴を上げた。

「いや! 取って!」

掴まれていない片腕を滅《め》茶《ちゃく》苦茶《ちゃ》に振って、背中のものを払《はら》い落とそうとするとケイキがその腕までも掴む。

「やめて! いや!!」

「聞き分けのない。落ち着かれよ」

「いや! 嫌《いや》だってば!!」

冷えた糊《のり》のようなものが背中から腕を這《は》う。同時に首の後ろに強く何かが押しつけられるのを感じて、陽子はひたすら悲鳴を上げた。

膝が崩《くず》れて坐り込み、がむしゃらに男の腕を振り解《ほど》こうと身を捩《よじ》って、腕が自由になるや、勢いあまってその場に転ぶ。半ばパニックを起こしながら両手で首の後ろを払ったときには、もう何の手応《てごた》えもなかった。

「なに？　何なの!?」

「ジョウユウが憑依《ひょうい》しただけです」

「憑依って」

陽子は身体中を両手で擦《こす》る。身体のどこにも、あの嫌な感触《かんしょく》はない。

「剣の使い方はジョウユウが知っている。これをお使いなさい」

そう冷淡《れいたん》に言って男は剣を差し出す。

「コチョウは速い。あれだけでも斬っていただかねば、追いつかれる」

「あれ……だけ？」

だけ、ということは他《ほか》にも追ってくるものがあるということだろうか。あの夢の中の光景のように。

「あたし……できない。それより、さっきのジョウユウとかヒンマンとかいう化物は、どこへ行ったの」

男は答えずに空を見上げる。

「来た」

7

陽子が振り返るより先に、背後から奇声《きせい》が聞こえた。

声のほうを見上げる陽子の手の中に、剣《けん》が押《お》し込まれる。それには構わず陽子は振り返る。背後の上空に翼《つばさ》を広げて降下してくる巨鳥の姿が見えた。

悲鳴を上げた。逃げられない、ととっさに思った。

逃げるよりも落下してくる鳥のほうが速い。剣なんて使えない。あんな、化物に対峙《たいじ》する勇気なんてない。身を守る方法がない。

太い脚《あし》の鉤爪《かぎづめ》が視野いっぱいに広がった。眼を閉じたかったが、できなかった。

目の前を白い光が走って、硬《かた》い激しい音がした。岩と岩とを打ちつけたような音を立てて、斧《おの》のように重量感のある鉤爪が顔のすぐ前で止まった。

止めたのは剣、剣を鞘《さや》から半ばまで引き抜いて目の前に掲《かか》げたのは、ほかでもない自分の両腕だった。

なに、と自問する暇もなかった。

陽子の手が残りの刀身を引き抜いて、抜きざまコチョウの足を払う。

赤い血が散って、生温かい繁吹《しぶき》が陽子の顔に噴《ふ》きつけた。

陽子は呆然《ぼうぜん》としているしかなかった。

断じて剣を使っているのは陽子ではない。手足が勝手に動いて、狼狽《ろうばい》したように浮上《ふじょう》するコチョウの片脚を断って落とす。

また鮮血《せんけつ》が繁吹《しぶ》いて顔を汚した。温《ぬる》いものが顎《あご》から首筋を伝って、衿の中に入ってくる。その感触に陽子は震えた。

陽子の足は血繁吹を躱《かわ》すようにその場を退《さが》った。

宙へ逃げ出した巨鳥は、すぐさま体勢を立て直して突《つ》っ込んできた。

その翼に斬りつけながら、陽子は自分の身体が動くたび、動きに従って冷えたぞろぞろとする感触が身体を伝うのを感じる。

——あれだ。あの、ジョウユウとかいう化物。

翼を傷つけられた巨鳥が、奇声を上げながら地に突っ込む。

それを視野に捉《とら》えながら、陽子は悟《さと》る。

あのジョウユウとかいう化物が自分の手足を動かしているのだ。

身悶《みもだ》えするように羽搏《はばた》いた巨鳥は、地を巨大な両翼《りょうよく》で叩《たた》くようにして陽子に向かってきた。

陽子の身体は淀《よど》みなく動いて、身を躱しざま、その胴《どう》を深く斬って捨てる。

生温かい血糊を頭から被《かぶ》って、手には肉と骨を断つ怖気《おぞけ》のするような感触が残った。

「いや」

口は陽子の意思によって呟《つぶや》いたが、身体は動きをやめなかった。

血糊が身体を伝うのも構わず、地面に落ちて足掻《あが》くコチョウの翼に深く剣を突き立てる。刺《さ》し貫《つらぬ》いた剣をそのまま引いて大きな翼を斬り裂《さ》いた。

間髪《かんはつ》を入れず陽子の身体は踵《きびす》を返して、奇声を上げ血泡《ちあわ》を噴いてのたうつ首へ向かった。

「いや。……やめて」

巨鳥は転がるようにして傷ついた翼を大きく打ち振るっていたが、翼はもはやその体重を浮上させることができなかった。

陽子の腕は、音を立てて宙を扇《あお》ぐ翼を避《よ》け、胴を刺し貫いた。とっさに目を背《そむ》けたが、ぶよぶよとした抵抗《ていこう》を斬り裂く感触が手に残る。

その剣を抜きざま振り上げ、躊躇《ちゅうちょ》なくその首に振り下ろした。首の骨に当たって剣が止まる。

改めて粘《ねば》る血肉から引き抜いて振り上げ、赤く染まった首を今度は完全に斬り落とし、そのまだ痙攣《けいれん》している翼で剣を拭《ぬぐ》ったところで手足の勝手な動きが止まった。

陽子は悲鳴を上げて、やっと剣を投げ捨てた。

突堤《とってい》の端《はし》から身を乗り出して陽子は吐《は》いた。

泣きじゃくりながら、海中に投げ込まれたテトラポッドを伝って水の中に飛び込む。いまは二月も半ばで、海の水は身を切るほど冷たいことは、まったく念頭に浮《う》かばなかった。とにかく、頭から被った血糊を洗い落としてしまいたかった。

無我夢中で水を被って、それでようやく落ち着くと、水の中から這い上がることさえできないほど震えた。

のろのろと這い昇《のぼ》って突堤に戻《もど》り、そこで改めて声を上げて泣いた。恐怖《きょうふ》と嫌悪《けんお》で泣かずにはおれなかった。

声が嗄《か》れるほど泣いて、泣く気力さえ尽《つ》きたころに、ようやくケイキが声をかけてきた。

「もう、よろしいか」

「……なに……」

ぼんやりと顔を上げると、ケイキの表情には何の色もない。

「これが追っ手のすべてではありません。じきに次の追っ手が来る」

「……それで？」

神経のどこかが麻痺《まひ》したようだった。追っ手という言葉に恐怖を感じず、男を真っ向から睨《にら》むことにも気後《きおく》れを感じなかった。

「追っ手は手強《てごわ》い。お守り申し上げるには、私と来ていただくほかはありません」

陽子は素っ気なく返した。

「いや」

「分別のないことを仰《おつしや》る」

「もうたくさん。あたし、家に帰る」

「家に帰ったからといって、決して安全ではない」

「もういいの、どうだって。寒いから家に帰る。……化物を取ってよ」

男は陽子を見据《みす》えた。その眼を陽子も淡々《たんたん》と見返す。

「あたしの身体に張りついてるんでしょ。ジョウユウとかいう化物を取って」

「それは当面、あなたに必要なものだ」

「必要ない。あたし、家に帰るから」

「どこまで愚《おろ》かな方か!」

怒鳴《どな》られて、陽子は眼を見開く。

「死んでいただいては困る。否《いな》と仰るなら、無理にでもおいでいただきます」

「勝手なことばっかり言わないで!」

陽子は叫《さけ》んだ。他人を怒鳴りつけたのは記憶《きおく》にある限り、生まれて初めてのことだったが、いったん叫んでしまうと、身内には奇妙《きみよう》な高揚感《こうようかん》があった。

「あたしが何をしたっていうのよ！　あたしは、家に帰るの。こんなことに巻き込まれるのはもういや。どこへも行かない。家に帰る」

「いまはお聞きするわけにはいかない」

突きつけられた剣を、陽子は乱暴に手で払いのけた。

「あたしは、家に帰りたいの！　あなたに指図《さしず》なんかさせない！」

「危険だと申し上げているのがお分かりにならないか！」

陽子は薄《うす》く笑ってみせる。

「危険でもいい。あなたに関係ないでしょ」

「関係なくはない」

男は低く吐き捨てて、陽子の背後に目線で頷《うなず》く。前触《まえぶ》れもなく背後から二本の白い腕《うで》が伸《の》びて、陽子の腕を摑《つか》んだ。

「何をするのよ!?」

振り返ると、最初に剣を持って現れた鳥のような女だった。女は陽子の腕を摑んで無理やり剣を抱《だ》かせる。そのまま羽交《はが》い絞《じ》めにするようにして抱きかかえた。

「放して！」

「あなたは私の主《あるじ》です」

言われて陽子はケイキを見上げる。

「主？」

「主命とあれば、どのようなことでもお聞きするが、あなたの命がかかっている。いまはお許しいただきます。まずはお身の安全を図《はか》り、事情をお聞きいただいて、そのうえでお帰りになりたいと仰るのなら必ずお送り申し上げます」

「あたしがいつあなたの主人になったの？　勝手にやって来て、何の説明もなしに勝手なことばかり。ふざけないでよ！」

「説明申し上げる猶予《ゆうよ》はありません」

言ってケイキは、底冷えのする視線を陽子に向ける。

「私としてもこんな主人は願い下げだが、こればかりは私の意のままにならない。主人を見捨てることは許されない。ましてや無関係な人々を巻き込むことは絶対に避けねば。否と言うなら力ずくでもおいでいただく。——カイコ。そのままお連れせよ」

「いや！　放して！」

ケイキは陽子を振り返らない。

「ハンキョ」

呼ばれて銅《あかがね》色の毛並みをした獣《けもの》が物陰《ものかげ》から現れる。

「離《はな》れて飛べ。血の臭《にお》いが移る」

次いで、ヒョウキ、と呼ばれて巨大《きょだい》な豹《ひょう》に似た獣が姿を現した。女は陽子を羽交い絞めにしたままその背を跨《また》ぎ越《こ》す。

ふうわりと、同じようにハンキョに跨がった男に陽子は訴《うった》えた。

「冗談《じょうだん》じゃないわよ！　家に帰して！　せめてあの、化物を取って!!」

「べつに邪魔《じゃま》になるわけではないでしょう。ジョウユウが憑《つ》いていたからといって、何かを感じるわけではないはずだ」

「それでも気味が悪いの！　取りなさいよ！」

ジョウユウ、と陽子のほうを振り向いて男は命じる。

「決して姿を現さず、ないものとして振る舞え」

これに対して返答はなかった。

ケイキが頷くと、陽子を乗せた獣が立ち上がった。とっさに自分を抱《かか》えた女の腕にしがみつくと同時に、獣は音もなく跳躍《ちょうやく》する。

「……嫌《いや》だってば！」

陽子の叫びを無視して獣は抵抗なく宙へ向かって駆《か》け上がった。

まるで緩《ゆる》やかに宙を泳ぐようにして高度を増す。地面が眼下を遠ざかっていかなければ、動いていないのかと錯覚《さっかく》するほど獣の動きは穏《おだ》やかだった。

獣は宙を駆ける。夢のように地上は遠ざかって、日暮れた街の姿を露《あら》わにした。

8

天には凍《こご》えた満天の星、地には都市の輪郭《りんかく》を作る一面の星。

獣は海上に躍《おど》り出た。

宙を泳ぐように飛翔《ひしょう》して、それでいながら呆《あき》れるほど速い。どういうわけか風を切る感触《かんしょく》はしないので、さほどでもない気がするが、背後の夜景が遠ざかるスピードを見れば尋常《じんじょう》でない速度なのが分かる。

何を叫んでも訴えても、応《こた》えてくれる者はいなかった。ついには哀願《あいがん》さえしたが、返答はない。

暗い海上のこと、高さを目測させるものは見えないので高度に対する恐怖は薄いが、行方《ゆくえ》に対する恐怖がある。

獣は真《ま》っ直《す》ぐに沖《おき》へ向かった。ケイキを乗せたもう一頭の獣の姿は近くには見えない。

ケイキの言葉通り離れているのだろう。

疲労感《ひろうかん》とともに投《な》げ遣《や》りな気分が押《お》し寄せてきて、陽子はようやく叫ぶことをやめた。諦《あきら》めてしまえば、思い出したように四肢《しし》を動かして宙を駆ける獣の背は心地よかった。背後から廻《まわ》された女の腕が、冷えた身体《からだ》に温かい。

陽子は躊躇《ためら》い、そうしてようやく背後の女に訊《き》いてみる。

「あの……追ってきてる？」

半身を捻《ひね》るようにして訊くと、女は頷いた。

「はい。追っ手の妖魔《ようま》が多数」

女の声は耳にまろく優《やさ》しかった。それに陽子は安堵《あんど》する。

「あなたたちは……何者？」

「我々はタイホの僕《しもべ》です。――どうぞ、前を。お落としすると叱《しか》られます」

「……うん」

陽子はしぶしぶ前を向く。

視界に映るのは暗い海と暗い空、薄く光る星と波、天高く凍えた月、それで全部だった。

「しっかり剣《けん》をお持ちになって。決してお身体からお離しになりませんよう」

その声に陽子は怯《おび》えた。またさっきのような吐き気のする戦いをしなければならないのだろうか。

「……敵が来そう？」

「追ってきてはおりますが、ヒョウキのほうが速い。心配はございません」

「……じゃあ？」

「万が一にも剣や鞘《さや》を失《な》くされませんよう、重々御用心くださいまし」

「剣と、鞘？」

「その剣は鞘と離してはなりません。鞘についております珠《たま》は、あなたさまのお身を守ります」

陽子は腕の中の剣を見た。鞘には飾《かざ》り紐《ひも》が結びつけられていて、その先にピンポン玉大の青い石が下がっている。

「これ？」

「はい。お寒いのでしたら、珠を握《にぎ》ってごらんなさいませ」

言われるままに手の中に握り込《こ》んでみると、掌《てのひら》からじんわりと暖気が滲《し》みてくる。

「……暖かい」

「怪我《けが》や病気、疲労にも役に立ちます。剣も珠も秘蔵の宝重《ほうちょう》。決して失くすようなことがございませんよう」

頷いて、次の質問を考えようとしたとき、急に獣の高度が下がった。

真っ暗な海に白く月が影《かげ》を映している。波の上に縫《ぬ》い留められたその影が、勢いを増して近づいていた。海上がその勢いに押されたように泡立《あわだ》つ。

さらに下降すれば、海面は沸騰《ふっとう》したように水柱を上げて荒《あ》れているのが分かった。

獣はその荒れる海の上に輝《かがや》く、光の円の中へ飛び込もうとしている。それを感じて陽子は悲鳴を上げた。

「あたし、泳げない!」

白い腕にしがみつくと、女はやんわりと腕に力を込める。

「大事ございません」

「でも!」

それ以上を言う暇《ひま》はなかった。海面が前に塞《ふさ》がって、陽子は悲鳴を上げた。

光の中に飛び込んだ瞬間《しゅんかん》、叩《たた》きつけられる衝撃《しょうげき》を覚悟《かくご》したが、そんなものはまったくなかった。

逆巻いた波の繁吹《しぶき》も、水の冷たさも感じない。ただ光の中に溶《と》け込むように、閉じた瞼《まぶた》の下に白銀の光が射《さ》し込んできただけだった。

ごく薄い布で顔を撫《な》でる感触がして眼を開けると、そこは光のトンネルだった。少なくとも陽子には、そのように見えた。音もなく風もない。ただ冴《さ》え冴《ざ》えとした光だけが満ちている。

水面のほうを振《ふ》り返ると、月の形に白い光が闇《やみ》を切り取っていた。その表面が大きく波立っているのが見て取れる。

「なに……これ」

潜《もぐ》るように進む先には、足許《あしもと》と同じく丸い光が見える。

頭上にある光の円盤《えんばん》が、足許に白く光を投げかけているのか、それとも逆に、足許にある円盤が頭上に光を投げているのだろうか。いずれにしてもそれが出口だとしたら、このトンネルはひどく短い。

煌々《こうこう》とした光の中をあっという間に潜って抜《ぬ》けて、陽子を乗せた獣は丸い光の中に突進《とっしん》した。再び薄い布で身体を撫でたような感触があって、そうして躍り出たそこは、海の上だった。

上下の感覚が転倒《てんとう》した。突然、耳に音が戻《もど》る。鈍《にぶ》い光を弾《はじ》く海面、目を上げるとそれが見渡《みわた》す限り続いている。入ったときと同じように、真っ暗な海上の月の影から陽子たちは滑《すべ》り出ていたのだ。

海面の遥《はる》か向こうは分からない。ただ暗い海ばかりが、月の光を浴びてどこまでも広がっているように見えた。

月の影から出ると同時に、獣を中心に大きな波が同心円を描《えが》いて広がり始める。海面は見る見るうちに泡立って、嵐《あらし》のように荒れ狂《くる》う波を打ち上げ始めた。

波頭の繁吹がちぎれていく様子を見れば、恐《おそ》ろしいほどの風が吹《ふ》いているのが分かる。ずっと無風に近かった獣のまわりでも、緩《ゆる》やかな風が逆巻き始め、頭上には雲が流れ始めた。

獣は高度を増して宙を駆ける。荒れた海の上に縫い留められた月の影が、月の影そのものにしか見えなくなるほど遠ざかってから、ふいに女が声を上げた。

「ヒョウキ」

硬《かた》い声に陽子は女を振《ふ》り返り、そうして彼女《かのじょ》の視線を追って背後を見た。夜の海の上、白い月の影から無数の黒い影が躍り出てくるのが見えた。

光を宿したのは天頂の月とその影だけ、それも掻《か》き消すように雲に覆《おお》われ、やがて完全な闇が訪れた。――まさしく、漆黒《しっこく》の闇。

天もなく地もない闇の中に、薄く紅蓮《ぐれん》の明かりが見える。月の影が落ちていた方角だった。その薄い明かりは、炎《ほのお》でも燃え盛《さか》っているように形を変え、踊る。

その光を背に無数の影が見えた。異形《いぎょう》の獣の群れだった。

こちらは本当に躍りながら、明かりのほうから駆けてくる。猿《さる》がいて鼠《ねずみ》がいて鳥がいる。赤い獣と黒い獣と青い獣と。

陽子は呆然《ぼうぜん》とした。

「あれは……」

あれは。この風景は――。

陽子は悲鳴を上げた。

「やだ！　逃《に》げてーっ」

女の手があやすように陽子を揺《ゆ》すった。

「そうしております。どうぞお心安んじて」

「いや！」

女は陽子の身体を伏《ふ》せさせる。

「しっかりヒョウキに摑《つか》まっていてくださいまし」

「あなたは？」

「少しでも連中の足を留めにまいります。ヒョウキにしがみついて、何よりも決して剣をお放しになりませんよう」

陽子が頷《うなず》くのを確認《かくにん》して、女は腕を放した。

そのまま漆黒の宙を蹴《け》って背後に向かって駆けてゆく。金茶の縞《しま》のある背が、あっという間に闇に呑《の》まれていった。

陽子の周囲にはすでに闇よりほかに何一つ見えない。風が巻いて、陽子を揺さぶり始めた。

「ヒ……ヒョウキ、さん」

陽子はしっかり背に伏せたまま声をかけた。

「何か」

「逃げられそう？」

「さて。どうですか」

感情の窺《うかが》えない声で答えてから、

「上！　御注意を！」

「え？」

振り仰《あお》いだ陽子の眼に、赤い仄《ほの》かな光が映った。

「ゴウユが」

しがみついた腕の下の獣《けもの》が、言うや否《いな》や体を躱《かわ》して宙を横に跳《と》んだ。その脇《わき》を恐ろしい勢いで何かが墜落《ついらく》していく。

「なに？　どうしたの!?」

ヒョウキは宙を左右に跳びながら急激に高度を下げていく。

「剣を。――伏兵《ふくへい》が。挟《はさ》まれました」

「そんな！」

叫《さけ》んだ陽子の目の前の闇に、うっすらと赤い光が点《とも》った。その光を背に黒い何かの影が見える。踊《おど》るようにして近づいてくる、何かの群れ。

「いや！　逃げて!!」

剣を使うのは嫌《いや》だ、そう思った瞬間、そろりと足を冷たいものが撫でた感触がした。

獣に跨《また》がった陽子の両膝《りょうひざ》が、音がするほど強くヒョウキの身体を挟んで絞《し》める。背筋を冷たいものが這《は》って、陽子の上体を無理にもヒョウキの背から引き剥《ひは》がして起こさせる。

腕が勝手に戦闘《せんとう》の準備を始める。両手をヒョウキから放し、剣を鞘から抜き放つと、鞘だけを背中へ、スカートのベルトに挟み込んだ。

「……いや。やめて！」

右手は剣を構える。左手がヒョウキの毛並みを毟《むし》るようにして摑む。

「お願い、やめて!!」

近づいてくる群れと、近づいていくヒョウキと、双方《そうほう》が疾風《しっぷう》のように突進して交わった。

ヒョウキは異形の群れの中に躍《おど》り込む。当然のことのように、殺到《さっとう》する巨大《きょだい》な獣を陽子の手が斬《き》り捨てた。

「いや！」

陽子は眼を閉じた。叫ぶことと眼を閉じることだけが陽子の意のままになる。

生き物を殺したことなどない。理科の解剖《かいぼう》でさえ直視することができなかった。そんな自分に殺生《せっしょう》を要求しないでほしい。

剣の動きが止まった。ヒョウキの声が響《ひび》く。

「眼を閉じるな！　それではジョウユウが動けない!!」

「いや!!」

がく、と首が仰《の》け反《ぞ》るほどの勢いで獣が横に跳躍《ちょうやく》する。

前後に左右に振り廻《まわ》されながら、陽子は固く眼を閉じていた。殺し合いなど見たくない。眼を瞑《つむ》ることで剣が止まるなら、断じて眼など開けるものか。

ヒョウキが強く左に跳ぶ。

突然に、壁《かべ》にでも突《つ》き当たったような衝撃を感じた。ちょうど犬が上げる悲鳴のような短い声を聞いて、陽子はとっさに眼を開ける。瞳《ひとみ》が深い漆黒だけを捉《とら》えた。

何が起こったのか考える間もなく、ヒョウキの身体が大きく傾《かたむ》き、両膝の間から毛並みの感触が消え失せた。

悲鳴を上げる余裕《よゆう》もなかった。陽子は宙に投げ出されていた。

驚《おどろ》いて見開いた眼に、突進してくる猪《いのしし》に似た獣が見えて、右手に肉を斬った重い衝撃を感じた。陽子の耳に刺《さ》さったのは獣の咆哮《ほうこう》と、自分の悲鳴。

それを最後に五感までもが闇の中に墜落していった。

二章

1

荒《あ》れた波が打ち寄せる砂浜《すなはま》だった。

ふと気がつくと、陽子《ようこ》は波打ち際《ぎわ》に倒《たお》れていた。

実際に波が砂を洗っている汀《みぎわ》から、陽子が倒れた場所までは少しだけ距離《きょり》があったが、水の打ち寄せる勢いが激しい。繁吹《しぶき》が陽子の顔にかかって、それで目を覚ましたのだと分かった。

陽子は顔を上げる。ひときわ大きな波が押《お》し寄せてきて、砂の上を這《は》った水が、倒れた陽子の爪先《つまさき》を濡《ぬ》らした。不思議に冷たい気はしなかったので、陽子はそのままそこに横たわっている。爪先を波が洗うに任せた。

濃《こ》く潮の匂《にお》いがする。潮の匂いは、血の匂いに似ている、と陽子はぼんやりそう思った。人の身体《からだ》の中には海水が流れている。だから、耳を澄《す》ますと身内から潮騒《しおさい》がする。

そんな、気がする。

また大きな波が打ち寄せてきて、陽子の膝《ひざ》のあたりまで水が押し寄せてきた。波に淩《さら》われた砂が膝を擽《くすぐ》る。濃厚《のうこう》な潮の匂いがした。

ぼんやりと足許《あしもと》を眺《なが》めていた陽子は、爪先を洗っては引いていく水に赤い色が混じっているのに気づいた。ふと目線を沖《おき》へ向ける。そこには灰色の海と灰色の空が広がるばかり、赤い色はどこにもない。

また波が打ち寄せてきた。引いていく水がやはり赤い。色の出処《でどころ》を探して、陽子は眼《め》を見開いた。

「……あ」

赤い色の出処は自分の足だった。波が洗う爪先から、脛《すね》から、赤い色が溶《と》け出している。

慌《あわ》てて両手を突《つ》いて身体を起こした。よくよく見てみると手も足も真っ赤で、制服までが赤黒い色に変色してしまっている。

陽子は小さく悲鳴を上げた。

——血だ。

全身が、浴びた返り血で真っ赤に染まっている。両手はほとんど黒く見えるほど、軽く両手を握《にぎ》ってみると恐《おそ》ろしく粘《ねば》った。そっと触《ふ》れると、顔も髪《かみ》も同じように粘つくもので覆《おお》われている。

陽子の悲鳴に合わせたように、またひときわ高い波が打ち寄せてきた。

波は身を起こした陽子の周囲を洗っていく。打ち寄せる水は濁《にご》った灰色、なのに引いていく水には赤い色が溶かし込まれている。

押し寄せてきた水を掬《すく》って、陽子は両手を洗った。指の間から滴《したた》る水は、血液そのものの色をしていた。

波が打ち寄せるたびに水を掬って手を洗った。洗っても洗っても、両手は白い色を取り戻《もど》さなかった。いつの間にか水は、坐《すわ》り込んだ陽子の腰《こし》のあたりに達している。そこから赤い色がにじみ出て、周囲の水面は赤く染まっていた。しかもその赤は徐々《じょじょ》に大きく広がっている。灰色ばかりの風景の中で、赤い色が鮮《あざ》やかだった。

ふと陽子は、自分の手に変化が起こっているのを見つけた。赤い手を目の前に翳《かざ》す。爪《つめ》が伸《の》びていた。

尖《とが》った鋭利《えいり》な爪が、指の第一関節ほども長く伸びている。

「……どうして」

しみじみと見つめて、さらに変化を悟《さと》る。手の甲《こう》に無数の罅割《ひびわ》れができていた。

「なに……？」

ぱら、と小さな赤い破片《はへん》が落ちた。風に流されて沖へ飛んでいく。

小さな破片が剝《はが》れた、その下から現れたのは、一つまみの赤い毛だった。ごく短い毛が小さな面積にびっしりと生《は》えている。

「まさか……」

軽く手をこする。ぱらぱらと破片が落ちて、さらに赤い毛並みが現れる。身動きするたびに足からも顔からも破片が落ちて、そこここに赤い毛並みが現れてゆく。荒《あら》い波に洗われて、制服が朽《く》ちたようにちぎれていった。その下から現れたのも、やはり赤い毛並みだった。水がさらにその毛並みを洗う。赤い色を溶かし出して、すでに周囲は見渡《みわた》す限り赤い色に染まっている。

凶器《きょうき》のような爪。赤い毛並み。──まるで獣《けもの》に変化していこうとしているように。

「──うそ」

叫《さけ》んだ声は罅割れた。

──どうして、こんな。

制服がちぎれて落ち、現れた腕《うで》は奇妙《きみょう》な形に捻《ねじ》れている。それは犬か猫《ねこ》の前肢《まえあし》のように見えた。

──返り血。

──きっと、返り血のせいだ。

化物の返り血が、身体を変えていこうとしている。

──化物に、なる。

(そんな、莫迦《ばか》な)

——嫌《いや》だ。

「いや——っ!!」

叫んだ言葉は聞こえなかった。

陽子の耳は荒れる海の波の音と、一匹《ぴき》の獣の咆哮《ほうこう》だけを聞いた。

——陽子が眼を開けると、蒼白《あおじろ》い闇《やみ》の中にいた。

息をしたとたん、全身が痛んだ。特に胸の痛みが酷《ひど》い。

とっさに両手を顔の前に翳して、陽子は軽く息をついた。そこには爪も、赤い毛並みも見えなかった。

「…………」

声にならない安堵《あんど》の溜息《ためいき》をつく。何が自分に起こったのか原因を思い出そうとして、はたと記憶《きおく》が甦《よみがえ》った。慌てて身体を起こそうとしたが、身体が硬直《こうちょく》したように強張《こわば》って動かない。

ゆっくりと何度か息をして、それからそろそろと身を起こした。深い息を繰《く》り返す間に、痛みは緩《ゆる》やかに引いていく。半身を起こした陽子の身体からパラパラと松の葉が零《こぼ》れ落ちた。

——松。

確かに松葉のようだった。周囲を見渡すと松林、頭上を見上げると折れた枝の断面が白い。そこから墜落《ついらく》してきたのだろうと分かった。

右手はいまもなお、しっかりと剣《けん》の柄《つか》を握りしめていた。よくも放さなかったものだと思い、次いで自分の身体を検《あらた》めて、よくも怪我《けが》をせずに済んだものだと思う。細かい擦《かす》り傷は無数にあったが、怪我と呼べるほどの傷は見当たらなかった。ついでに、何の変化もない。

陽子はそろそろと背中を探《さぐ》る。スカートのベルトに挟《はさ》まれて失いもせずに済んだ鞘《さや》を引き出すと、それに剣を納めた。

白い靄《もや》が薄《うす》く流れている。夜明け前の空気が漂《ただよ》っていた。波の音が響《ひび》いている。

「それであんな夢を見たんだ……」

気味の悪い返り血の感触《かんしょく》と、化物と戦わされた経験、そうして、波の音。

「……最低」

呟《つぶや》いて、陽子は周囲を見渡した。

あたりは浜辺によくある松林に見える。海の近く、夜明け前。そして自分は死にもせず身動きできないほどの怪我も受けていない。――それが陽子の得た情報のすべてだった。

林には何の気配もなかった。おそらく敵も近くにはいない。そうして――味方も近くにはいない。

海面に映った月の影《かげ》から滑《すべ》り出たとき、月は高いところにあった。いまは夜明け。それほどの時間、自分が一人で放っておかれたからには、ケイキたちとはぐれたのに違《ちが》いない。

——迷子になったときには動かないこと。

陽子は小さく口の中で独りごちた。

きっとケイキたちが捜《さが》してくれるだろう。あんなに偉《えら》そうに守ると言っていたのだから。軽はずみに動けば、かえってすれ違ってしまうおそれがある。

そう考えて身体を近くの幹《みき》に凭《もた》せかけると、鞘に結びつけられた珠《たま》を握ってみる。あちこちの痛みがそれでゆっくりと引いていった。

不思議だと、そう思う。

改めて珠を見ても、ただの石にしか見えない。ガラスっぽい光沢《こうたく》の、とろりとした青をしていた。青い翡翠《ひすい》があるとすれば、こんなものかもしれない。

そんなことを考えてから、固く珠を握り直す。じっとそこに坐ったまま眼を閉じていた。

眼を閉じている間にほんの少しだけ眠《ねむ》ったのだろう、次に陽子が眼を開けると、あたりには薄い光が満ちて、風景は早朝の色をしていた。

彼《かれ》らは何をしているのだろう。どうして自分をこんなに長時間放っておくのだろう。

「遅《おそ》い……」

ケイキは、カイコは、ヒョウキは。

陽子は迷った末に口に出してみる。

「……ジョウユウ、さん」

まだ自分の身体に取《と》り憑《つ》いているはずだ。そう思って声をかけたが、返答はなかった。自分の身体を検めてみても、そこにジョウユウのいる感触はない。もともと剣を振《ふ》るうときでなければ、いるのかいないのか分からない相手だから、はぐれたのかどうかは判然としなかった。

「いるの？　ケイキさんたちはどうしたの？」

何度訊《き》いてみても、何の応答も気配もない。

不安が頭を擡《もた》げた。ひょっとしたらケイキたちは、陽子を捜したくても捜せないのではないだろうか。墜落する直前に聞いた悲鳴が甦《よみがえ》った。敵の群れの中に残してしまったヒョウキは無事なのだろうか。

不安に押されて立ち上がった。ギシギシ悲鳴を上げる身体を宥《なだ》めて立ち上がり、あたりを見渡す。周囲は松の林、すぐ右手に林の切れ目が見える。とりあえずそこまで行くのは危険なことではないだろう。

林の外はボコボコとした荒れ地だった。白茶けた土に低い灌木《かんぼく》がしがみついている。その先は断崖《だんがい》だった。断崖の向こうには黒い海が見える。昨夜見た海も黒かったが、夜のせいだと思っていた。夜が明けたいまになってもあんなに暗いのは、海の色自体が相当に深いからなのだろう。

陽子は引き寄せられるように崖《がけ》へ向かって歩いた。

デパートの屋上から見降ろしたほども崖の高さはある。そこから海を見て、しばらく陽子は呆然《ぼうぜん》としていた。

高さのせいではない。足許に広がる海の異様さに打たれて。

海は限りなく黒に近い紺《こん》に見えた。水面に下っていく崖の線を目で辿《たど》ってみると、水に色がついているわけではない。むしろ、恐ろしく澄んでいる。

それは想像を絶するほど深い海の、深海に蟠《わだかま》る闇が透明《とうめい》な水のせいで露《あら》わになったような印象を与《あた》えた。光が届かないほど深い底を見降ろしている、という感覚。

その深い海の、深いところに小さな光が灯《とも》っている。それが何なのかは分からないが、砂粒《すなつぶ》ほどに見える光が点々と灯り、あるいは集まって薄い光の集団を作っている。

——星のように。

目眩《めまい》がして陽子は崖に坐り込《こ》んだ。

それはまさしく宇宙の景観だった。写真で見た星や星団や星雲や、そういったものが自分の足許に広がっている。

——ここは知らない場所だ。

突然《とつぜん》に湧《わ》き上がってきた思考。直視しないようにしてきたものが噴《ふ》き出してきて止められない。

ここは陽子の知る世界ではない。こんな海を陽子は知らない。まさしく陽子は別世界に紛《まぎ》れ込んでしまったのだ。

——嫌だ。

「嘘《うそ》でしょう……」

ここはどこで、どういうところなのか。危険なのか安全なのか。これからいったいどうすればいいのか。

どうしてこんなことになってしまったのか。

「……ジョウユウ、さん」

陽子は眼を閉じて声を上げる。

「ジョウユウ！　お願い、返事して！」

身体の中には潮騒のような音だけ。憑依《ひょうい》したはずの者からは返答がない。

「いないの!?　誰《だれ》か、助けてよ!!」

一晩がすでに経《た》った。家では母親がさぞ心配しているだろう。父親はいまごろひどく怒《おこ》っているに違いない。

「……帰る」

呟くと涙《なみだ》が零れた。

「あたし、家に帰る……っ」

いったん溢《あふ》れ始めると止まらなかった。陽子は膝《ひざ》を抱《だ》いて顔を伏《ふ》せる。声を上げて泣き始めた。


額が熱を持つほど泣いてから、ようやく陽子は顔を上げた。泣きたいだけ泣いて、少しだけ落ち着いた。

ゆっくりと眼を開けてみる。目の前には宇宙のように見える海が広がっている。

「……不思議」

星空を見降ろしている気分がした。冴《さ》えた漆黒《しっこく》に満天の星。水の中で星雲は緩やかに回転している。

「不思議で綺麗《きれい》……」

ようやく落ち着いた自分を自覚した。

陽子はぼんやりと水の中の星を見つめていた。

2

太陽が天頂を越《こ》えるまで、陽子はそこで海を見ていた。

ここはいったいどういう世界で、どんな場所なのだろう。

こちらに来るのには月の影を通ってきたが、あれ自体がそもそも可怪《おか》しい。月の影を捉《つか》まえるなど、夕陽《ゆうひ》を捉まえるのと同様にできるはずのないことだ。

ケイキと、そのまわりにいた不可解な獣《けもの》たち。陽子の世界にあんな獣はいない。間違いなく、あれはこちらの生き物だろう。——そこまでは理解できるのだけど。

ケイキは何を思って、陽子をここへ連れてきたのか。危険だと言い、守ると言ったが、陽子はこうして放置されている。

ケイキたちはどうしたのか。あの敵は何者で、何を目的に陽子を襲《おそ》ったのだろう。それが全部夢にそっくりだったのはどういうわけなのだろう。——そもそも陽子は、なぜ一月《ひとつき》もあんな夢を見続けたのか。

考え始めると分からないことばかりで、思考が迷子になりそうだった。ケイキに出会ってからというもの、何もかもが疑問符《ぎもんふ》でできていて、陽子に理解できることのほうが少ない。

ケイキが恨《うら》めしくてならなかった。

突然現れて陽子の事情には構わず、得体《えたい》の知れない世界に無理やり引きずり込んだ。ケイキにさえ会わなければ、こんなところに来ることもなかったし、化物とはいえ生き物を殺すような事態にだってならなかったはずだ。

だから懐《なつ》かしいとは思えないが、ケイキ以外に頼《たよ》る者がない。なのにケイキたちは陽子を迎《むか》えに来ない。あの戦闘《せんとう》で何かが起こって迎えに来たくても来られないのか、それとも何か事情があるのか。

それでいっそう自分の置かれた状況《じょうきょう》が困難なものに思えた。

——どうして自分がこんな思いをしなければならないのだろう。

陽子は何をしたわけでもない。全部ケイキのせいだ。そう考えると、化物に襲われたのまでケイキのせいのような気がする。

職員室で聞いた声は「蹤《つ》けられていた」と言わなかったか。ケイキは「敵」と言っていたが、それは陽子の敵という意味ではないはずだ。陽子には化物に敵を作る心当たりなどない。

陽子はケイキの主《あるじ》だという。それがそもそもの原因だという気がした。陽子がケイキの主だから、ケイキの敵に狙《ねら》われた。その敵から身を守るために剣を使わなければならなかったし、こんなところに来なければならなかった。

しかし、主になった覚えなど、陽子にはないのだ。だとしたら、ケイキの誤解か、勝手な思い込みだろう。
主と呼ばれるいわれがあるとは思えなかった。だとしたら、ケイキの誤解か、勝手な思い込みだろう。

ケイキは「捜した」と言っていた。きっと彼は主を捜していて、何か重大な間違いを犯《おか》してしまったのだ。

「何が、守る、よ」

陽子は小声で毒づく。

「全部、あんたのせいじゃない」

短かった影が伸《の》び始めて、ようやく陽子は腰《こし》を上げた。ここにずっと坐《すわ》ってケイキに毒づいていても、どうにもならないことだけは確実だった。

陽子は左右を見比べる。崖はどちらの方向へ行っても、切れ目がなさそうに見えた。仕方なく踵《きびす》を返し、もといた松林のほうへ戻《もど》る。コートはなかったがさほど寒いとは感じなかった。ここは、陽子が住んでいた街よりも気候が良いようだった。

さして深くもない林は、台風のあとのように折れた枝が散乱している。そこを抜《ぬ》けると、沼地《ぬまち》が広がっていた。

「……？」

よく見れば、そこは沼地ではなく泥《どろ》が流れ込んだ田圃《たんぼ》だった。ところどころ水面に、真《ま》っ直《す》ぐに整備された畦《あぜ》が顔を出していた。丈《たけ》の低い緑の植物が頭だけを泥の上に出して、吹《ふ》き倒《たお》されてしまっている。見渡《みわた》す限り泥の海で、離《はな》れたところに人家が小さな集落を作っているのが見える。その向こうは険しい山だった。

電柱や鉄柱のようなものは見えない。遠くにある集落にも電線のようなものは一切見えないし、建物の屋根にアンテナのようなものもなかった。屋根は黒い瓦《かわら》、壁《かべ》は黄ばんだ土壁に見えた。集落のまわりを取り囲むようにして背の低い木が植えられていたが、ほとんどが倒れてしまっている。

覚悟《かくご》していたような異常な風景があるわけでもなく、建物があるわけでもなく、陽子は密《ひそ》かに胸を撫《な》で降ろした。少しばかり雰囲気《ふんいき》は違うが、それは気抜けするくらい日本のあちこちで見かける田園風景に似ていた。

安堵《あんど》してよくよくあたりを眺《なが》め渡すと、松林からはかなり遠いところに数人の人影が見える。背恰好《せかっこう》は定かではないが、別に化物じみたシルエットには見えない。田圃で作業をしているようだった。

「よかった……」

思わず声が漏《も》れた。最初にあの海を見てすっかり狼狽《ろうばい》してしまったが、この風景はそれほど異常には見えない。電気が来ていないようだ、という点を無視すれば、日本のどこかにありそうな村だ。

陽子は深く息をつき、それから遠くに見える人々に声をかけてみることに決めた。見ず知らずの人に話しかけるのは気後《きおく》れがするが、陽子一人ではどうにもならない。言葉が通じるかどうか、ふと疑問に思ったが、とにかく誰かに助けを求めなければならなかった。

怖《お》じ気《け》づく自分を励《はげ》ますようにして、陽子は口の中で唱える。

「事情を説明して、ケイキたちを見なかったか訊《き》いてみる」

とにかくそれしか陽子にできることはなかった。


なんとか歩ける畦を探して、陽子は農作業を続ける人影のほうへ歩いていった。近づくにつれ、彼らが少なくとも日本人でないことは分かった。

茶色い髪《かみ》の女がいて、赤い髪の男がいる。ひどくケイキに似た雰囲気があった。顔立ちや身体《からだ》つきは少しも白人のようでないのに、取って付けたように髪の色だけが違うせいだろう。その点を除けばごく普通《ふつう》の男女のようだった。

着ているものは着物に似た少し変わった服で、男の全員が髪を伸ばして括《くく》ってはいたが、それ以外に特に異常は見当たらない。彼らはシャベルのようなものを突《つ》き立てて、畦を壊《こわ》そうとしているようだった。

作業をしていた男の一人が顔を上げた。陽子を見て周囲の人間をつつく。何か声をかけていたが、特に耳慣れない音には聞こえなかった。その場にいた八人ほどの男女が陽子のほうを見たので、陽子は軽く頭を下げた。ほかにどうすればいいか思いつかなかった。

すぐに三十前後の黒髪の男が一人、畦に上がってきた。

「……あんた、どこから来たんだね」

日本語を聞いて、陽子は心底ホッとした。自然に笑《え》みが浮《う》かぶ。思ったほど酷《ひど》い状況ではないようだ。

「崖のほうからです」

ほかの男女は手を止めて、陽子と男を見守っている。

「崖のほう？　……郷里は」

東京です、と言いかけて陽子は口を噤《つぐ》んだ。事情を話す、と簡単に考えていたが、果たして正直に事情を話して信じてもらえるのだろうか。

陽子が迷っているうちに、男が重ねて訊いてきた。

「妙《みょう》な恰好をしているが、まさか海から来たのかい」

それは事実ではなかったが、かなり事実に近かったので陽子は頷《うなず》いた。男が眼《め》を丸くする。

「なるほど、そういうことかい。こいつは驚《おどろ》いた」

男は皮肉気な笑みを浮かべて、陽子には理解できない納得《なっとく》の仕方をした。不穏《ふおん》な眼つきで睨《にら》むようにしてから、陽子の右手に視線を留めた。

「大層なもんを持ってるな。それはどうしたんだ？」

提《さ》げたままの剣《けん》のことを言っているのだと分かった。

「これは……貰《もら》ったんです」

「誰に」

「ケイキという人です」

男は陽子のすぐそばまで歩み寄ってくる。陽子はなんとなく一歩退《さが》った。

「あんたには重そうだな。——寄越《よこ》しな。俺《おれ》が預かってやろう」

陽子は男の眼つきに少し怯《おび》える。親切だけで言っているとは思えなかった。それで剣を胸に抱いて首を横に振《ふ》る。

「……大丈夫《だいじょうぶ》です。それより、ここはどこなんですか？」

「ここはハイロウだ。人にものを訊くのに、そんな物騒《ぶっそう》なものをちらつかせるもんじゃない。そいつを寄越しな」

陽子は後退《あとじさ》った。

「放してはいけないと言われてるんです」

「寄越せ」

強く言われて陽子は怖じけた。嫌《いや》です、と言い通す覇気《はき》を持てなくて、しぶしぶ剣を男に向かって差し出す。男はひったくるように剣を受け取って、しみじみそれを眺めた。

「大した造作《ぞうさく》だ。これをくれた男は金持ちだったろう」

見守っていた男女が集まってきた。

「どうした。カイキャクか」

「そのようだ。見ろや、大層な代物《しろもの》だ」

男は笑って剣を抜こうとする。しかし、どうしたわけか刀身は鞘《さや》を動かなかった。

「飾《かざ》りもんか。——まあ、いい」

男は笑って剣を腰の帯に差す。それからいきなり腕《うで》を伸ばして陽子の腕を掴《つか》んだ。陽子が悲鳴を上げるのも構わず、男は乱暴に陽子の腕を捻《ねじ》り上げる。

「……痛い！　放して！」

「そうはいかないなあ。カイキャクは県知事に届けるのが決まりだ」

笑いながら言って、男は陽子を押《お》し出す。

「さ、歩きな。なあに、悪いようにはしないからよ」

男は陽子を無理やり歩かせて、周囲の者に声をかける。

「誰《だれ》か手伝ってくれ。連れて行こう」

——腕が痛い。この男は得体が知れない。どこへ連れていかれるのか不安を感じる。心底放してほしいと思った。思ったとたん、手足に冷たい感触《かんしょく》が伝って、陽子は男の手を振り解《ほど》いていた。腕が勝手に伸びて男の腰の剣を鞘ごと引き抜く。大きく跳《と》んで後退った。

「……てめえ」

凄《すご》む男に周囲の人間が声をかける。

「気をつけろ、剣を——」

「なあに。あれは飾りもんさ。おい、娘《むすめ》。穏和《おとな》しくこっちへ来い」

陽子は首を振った。

「……いや」

「引きずって行かれたいのか？　粋《いき》がった真似《まね》をせずにこっちへ来い」

「……嫌です」

遠くからも人が集まり始めていた。

男が踏《ふ》み出す。陽子の手は剣を鞘から抜いていた。

「なにぃ!?」

「近づかないで……ください」

棒を呑《の》んだように動けない人々を見渡して、陽子は後退る。身を翻《ひるがえ》して逃《に》げ出すと、背後から追ってくる足音がした。

「来ないで！」

振り返って追ってくる男たちを認めるや否《いな》や、身体が動いてその場に踏み留《とど》まった。剣が身構えるように上がる。音を立てて血の気が引いた。

「やめて……！」

突っ込《こ》んでくる男に向かって剣が動く。

「ジョウユウ、やめて！」

──駄目《だめ》だ。それだけは、できない。

切っ先が鮮《あざ》やかな弧《こ》を描《えが》いた。

「人殺しは嫌ぁっ!!」

叫《さけ》んで固く眼を閉じた。ぴた、と腕の動きが止まった。

同時に強い力で引き倒される。誰かが馬乗りになって剣を毟《むし》り取った。痛みよりも安堵で涙《なみだ》が滲《にじ》んだ。

「ふざけた娘だ」

乱暴に小突かれたが、痛みを感じる余裕《よゆう》はなかった。引きずるように立たされて、二人の男に両腕を後ろ手に捻り上げられる。

抵抗《ていこう》する気にはなれなかった。ひたすら心の中で、動かないで、とジョウユウに願う。

「村に連れて行け。その妙な剣もだ。それごと県知事に届けるんだ」

どんな男が言ったのか、眼を閉じた陽子には分からなかった。

3

陽子は引き立てられ、田圃の間を紆《う》曲《ね》って続く細い道を歩かされた。

十五分ほど歩いて辿《たど》り着いたのは、高い塀《へい》に囲まれた小さな街だった。

さっき見た集落は何軒《げん》かの家が集まっただけのものだったが、ここは高さが四メートル近くもありそうな塀が街の周囲を取り巻いていた。四角いその外周の一方に大きな門がある。いかにも頑丈《がんじょう》そうな門扉《もんぴ》は内側に向かって開かれていて、その向こうに赤く塗《ぬ》られ、何かの絵を描いた壁が見える。壁の手前には、どうしたわけか誰も坐《すわ》っていない木製の椅子《いす》が一つ置き去りにされていた。

背後から押されて陽子は街の中に踏み込む。赤い壁を廻《まわ》り込むと門前の通りが一望できた。

その街の風景は、どこかで見たようで、同時にひどく異質な感じがした。

どこかで見たことがあるような気がするのは、建物の雰囲気が東洋的だからだろう。

白い漆喰《しっくい》の壁、黒い瓦屋根、枝を差しかけたひねくれた形の樹木。にもかかわらず少しも親近感を感じないのは、まったく人の気配がないからに違《ちが》いない。

門前からは正面に広い道が、左右に細い道が延びていたが、そこには人の姿は見えなかった。建物は一階建て、道に面しては軒の高さの白い塀が続いている。その塀が一定の間隔《かんかく》で切れて、そこから小さな庭を隔《へだ》てて建物が見えた。

どの家も大きさに大差はなく、建物の外観も細部は違っているもののよく似ている。それでひどく無機的な感じがした。

家によっては窓が開いていて、外へ向かって押し上げる板戸を竹の棒で支えてあったが、窓が開いているのがかえって白々しいほど街にはみごとに人の気配がない。道にも家にも犬一匹《ぴき》見当たらなかったし、何の物音もしなかった。

正面の広い通りは長さが百メートルほどしかなくて、突き当たりには広場がある。白い石に極彩色《ごくさいしょく》の飾りを施《ほどこ》した建物が見えたが、鮮やかな色がひどく空々しい感じがした。左右の細い道は三十メートルばかりで直角に曲がって、突き当たりは街の外壁《がいへき》。その曲がり角の向こうからも人の気配は伝わってこない。

見渡してみても抜《ぬ》きんでて高い屋根はなかった。黒い瓦の屋根の上に、街の外壁が覗《のぞ》いている。視線を巡《めぐ》らせれば、外壁の形が見て取れる。それは奥行《おくゆ》きの深い細長い四角形をしていた。

窒息《ちっそく》しそうなほど狭《せま》い街だった。広さはおそらく、陽子が通っていた高校の半分もないだろう。街の広さに対して外壁があまりに高い。

まるで水槽《すいそう》の中のようだ、と陽子は思った。大きな水槽の、水の底で眠《ねむ》りについた廃《はい》墟《きょ》のような街だった。

陽子は、正面に見えた、広場を囲むように建った建物の中に連れていかれた。

この建物は中華街《ちゅうかがい》の建物を思わせる。赤く塗られた柱、鮮やかな色の装飾《そうしょく》、なのにどこか空々しい感じがするのは街の雰囲気と変わらない。建物の中には細長い廊下《ろうか》が真一文字に通っていたが、これも暗く、やはり人の気配はなかった。

陽子を連れてきた男たちは、何事かを相談してから小突くようにして陽子を歩かせ、小さな部屋の中に押し籠《こ》めた。

陽子が閉じ籠められた部屋の印象は、一言で表現するなら牢獄《ろうごく》だった。

床《ゆか》には瓦のようなタイルを敷《し》き詰《つ》めてあったが、割れたり欠けたりしたものが多い。壁は煤《すす》けて罅《ひび》の入った土壁で、高いところに小さな窓が一つ、そこには格子《こうし》が塡《は》まっている。ドアが一つ。このドアにも格子のついた窓があって、そこからドアの前に立った男たちが見えた。

木製の椅子が一つと小さな机が一つ、畳《たたみ》一枚ぶんの大きさの台があって、それで家具は全部だった。台の上には厚い布が貼《は》ってある。どうやらそれが寝台《しんだい》のようだった。

ここはどこで、どういう場所なのか、自分はこれからどうなるのか、訊《き》きたいことは山ほどあったが、監視者《かんししゃ》にそれを訊く気にはなれない。男たちのほうも陽子に話しかけるつもりはないようだった。それで寝台に腰《こし》を降ろし、黙《だま》って俯《うつむ》いている。それよりほかにできることがなかった。

建物の中で人の気配がしたのは、ずいぶんと時間が経《た》ってからだった。ドアの前に誰かがやって来て、見張りが替《か》わった。新しい見張りは二人の男で、どちらも剣道《けんどう》の防具のような青い革《かわ》の鎧《よろい》を着けているから、警備員か警察官のようなものなのかもしれない。これから何が起こるのかと息を詰めたが、鎧の男たちは険しい視線を陽子に向けただけで、話しかけてくるわけでもなかった。

それが多少酷《ひど》いことでも、何かが起こっている間はいい。放置されていると不安で不安で堪《たま》らなかった。何度か外の兵士たちに話しかけてみようとしたが、どうしても声にならない。

叫びたくなるほど長い時間が経って、陽《ひ》も落ち、牢獄の中が真っ暗になってから三人の女がやって来た。先頭に立って灯《あか》りを持った白髪《はくはつ》の老婆《ろうば》は、いつか映画で見た古い中国風の着物を着ている。

やっと人に会えたこと、それが厳《いか》つい男ではなく女であることに陽子は安堵《あんど》した。

「お前たちは、お退《さが》り」

老婆は、いろいろなものを携《たずさ》えて一緒《いっしょ》に入ってきた女たちに言う。二人の女は荷物を床に降ろすと、深く頭を下げて牢獄を出ていった。老婆はそれを見送ってから机を寝台のそばに引き寄せ、ランプに似た燭台《しょくだい》を机の上に置く。さらに水の入った桶《おけ》を置いた。

「とにかく、顔を洗いなさい」

陽子はただ頷《うなず》いた。のろのろと顔を洗って手足を洗う。手は赤黒く汚《よご》れていたが、洗うとすぐにもとの色を取り戻《もど》した。

陽子はいまになって、手足が重く強張《こわば》っているのに気がついた。おそらくはジョウユウのせいだろう。陽子の能力を超《こ》えた動きを何度もしたせいで、あちこちの筋肉が硬《こう》直《ちょく》してしまっている。

できるだけゆっくりと手足を洗うと、細かい傷に水が沁《し》みた。髪《かみ》を梳《す》こうとして、後ろで一つに纏《まと》めて三つ編みにしていたのを解いた。異変に気づいたのはそのときだった。

「……なに、これ」

陽子はまじまじと自分の髪を見る。

陽子の髪は赤い。特に毛先は脱色《だっしょく》したような色になってしまっていた。──しかし。

三つ編みを解いた髪は微《かす》かに波打っている。その髪の色。

この異常な色はどうだろう。

それは、赤だった。血糊《ちのり》を染めつけたように、深い深い紅《あか》に変色している。赤毛という言葉があるが、この色がとうてい赤毛と呼べるとは思えなかった。ありえない色だ。こんな異常な。

それは陽子を震《ふる》えさせた。自分が獣《けもの》になる夢の中で見た、赤い毛並みの色にあまりにもよく似ていた。

「どうしたんだね？」

老婆が訊いてくるのに、髪の色が変だ、と訴《うった》えた。老婆は陽子の言葉に顔を傾《かたむ》ける。

「どうしたんだい？　べつに何も変じゃないよ。珍しいけど綺麗《きれい》な赤だよ」

老婆が言うのに首を振《ふ》って、陽子は制服のポケットの中を探《さぐ》った。手鏡を引っ張り出す。そうして、間違いなく真紅《しんく》に変色した自分の髪を確認《かくにん》し、次いでそこにいる他人を見つけた。

陽子には一瞬《いっしゅん》、それがどういう意味なのか分からなかった。手を挙げて恐《おそ》る恐《おそ》る顔を撫《な》で、その動きにつれて鏡の中の人物の手も動いて、それが自分なのだと分かって愕然《がくぜん》とした。

——これはあたしの顔じゃない。

髪の色のせいで雰囲気《ふんいき》が変わっていることを差し引いても、これは他人の顔だった。

その顔の美醜《びしゅう》はこの際、大した問題ではない。問題は明らかに他人の顔になっている自分、陽に灼《や》けたような肌《はだ》と、深い緑色に変色した瞳《ひとみ》だった。

「これ、あたしじゃない」

狼狽《ろうばい》して叫んだ陽子に、老婆は怪訝《けげん》そうな顔をした。

「何だって？」

「こんなの、あたしじゃない！」

4

取り乱した陽子の手から、老婆は手鏡を取り上げた。ごく落ち着いた動作で鏡を覗き込み、それから陽子に手鏡を返す。

「鏡が歪《ゆが》んでるわけじゃないようだね」

「でも、あたしはこんな顔じゃないんです」

そういえば、声もなんだか違う気がする。まるで別人になってしまったようだ。獣でも化物でもない。だが、しかし——。

「それじゃあ、あんたの姿が歪んでるんだろうね」

微笑《わら》い混じりの声に陽子は老婆を振り仰《あお》いだ。

「……どうして」

言って陽子はもう一度鏡を見直す。自分がいるべき場所に他人がいるのは妙《みょう》な気がした。

「さてねぇ。それはあたしなんかには分からないね」

老婆はそう言って、陽子の手を取る。腕《うで》についた小さな傷に、何かを浸《ひた》した布を当てた。

鏡の中の自分は、よく見てみると微かに見慣れた面影《おもかげ》を残していた。本当に、ごく微かにではあったけれど。

陽子は鏡を置いた。もう二度と見ないと決めた。鏡を覗いて確認さえしなければ、自分がどんな顔をしていたって関係のないことだ。髪は鏡を使わなくても見えるが、それは染めたと思えば我慢《がまん》できるだろう。べつに自分の容姿を気に入っていたわけではないが、この変化を再び直視する勇気が陽子にはなかった。

「あたしには分からないが、そういうこともあるんだろうさ。そのうち気分が落ち着いたら、慣れるだろうよ」

老婆はそう言って机から桶を降ろすと、代わりに大きな丼《どんぶり》を置く。餅《もち》のようなものが沈《しず》んだスープが入っていた。

「おあがり。足りなければ、もっとあるからね」

陽子は首を横に振った。到底《とうてい》、食事をする気分ではない。

「……食べないのかね？」

「欲《ほ》しくありません」

「口をつけてみると、意外にお腹《なか》が空《す》いていたりするものだよ」

陽子は黙って首を振った。老婆は軽く息をついて、背の高い水差しのような土瓶《どびん》からお茶を注いでくれた。

「あっちから来たんだね？」

訊きながら老婆は椅子《いす》を引き寄せて腰を降ろす。陽子は目を上げた。

「あっち？」

「海の向こうさ。キョカイを渡《わた》って来たんだろう？」

「……キョカイって、何ですか？」

「崖《がけ》の下の海だよ。何もない、真っ暗な海」

あれはキョカイというのか、と陽子はその音を頭の中にしまった。

老婆は机の上に紙を広げた。硯《すずり》の入った箱を置く。筆を取って陽子に差し出した。

「あんた、名前は？」

陽子は戸惑《とまど》いつつも、穏和《おとな》しく筆を受け取って名前を書きつけた。

「中嶋《なかじま》、陽子です」

「日本の名前だね」

「……ここは中国なんですか？」

陽子が訊くと老婆は首を傾ける。

「ここは巧国《こうこく》だ。正確には巧州国《こうしゅうこく》だね」

言いながら老婆は別の筆を取って文字を書きつけてゆく。

「ここは淳州《じゅんしゅう》符楊郡《ふようぐん》、廬《ろ》江郷《こうごう》槇県《しんけん》配浪《はいろう》。あたしは配浪の長老だ」

書きつけられた文字は、少しだけ細部が異なっている。それでも漢字に違いなかった。

「ここでは漢字を使うんですか？」

「文字なら使うともさ。あんたはいくつだね」

「十六です。じゃ、キョカイというのも漢字が？」

「虚無《きょむ》の海と書くね。——仕事は？」

「学生です」

陽子が答えると、老婆は軽く息をつく。

「言葉は喋《しゃべ》れるようだね。文字も読めるようだし。あの妙な剣《けん》のほかに、何を持ってる？」

問われるまま、陽子はポケットの中を検《あらた》めた。ハンカチと櫛《くし》、手鏡と生徒手帳、壊《こわ》れた腕時計、それで全部だった。

並べてみせると、老婆はどういう意味なのか、頭を振る。溜息《ためいき》をつくようにして机の上の品物を着物の懐《ふところ》に収めた。

「……あたし、これからどうなるんですか」

「さてね。そんなのは上の人が決めることだ」

「あたし、何か悪いことをしたんですか？」

まるで罪人のように扱《あつか》われている、と陽子は思う。老婆はこれにも首を振った。

「べつに悪いことをしたわけじゃない。ただ、カイキャクは県知事へ届けるのが決まりでね。悪く思わないでおくれ」

「カイキャク？」

「海から来る来訪人のことさ。海の客、と書く。虚海のずっと東のほうから来ると、そう言われている。虚海の東の果てには日本という国があるそうだ。確かめた者がいるわけじゃないけど、実際に海客が流れて来るんだからそうなんだろうね」

老婆は言って陽子を見た。

「日本の人間が時折ショクに巻き込まれて東の海岸に流れ着く。あんたのようにね。それを海客というんだよ」

「ショク？」

「食べる、に虫と書くんだ。そうだね、嵐《あらし》みたいなものかね。嵐とは違って、突然《とつぜん》始まって、突然終わる。そのあとで海客が流れ着くんだ」

言って老婆は困ったような微笑いを浮《う》かべる。

「たいがいは死体だけどね。海客は生きていても死んでいても上へ届けることになってる。上のほうの偉《えら》い人があんたをどうするか決めるんだ」

「どうするか？」

「どういうことになるのか、本当のことは知らないよ。ここに生きている海客が流れ着いたのは、あたしのお祖母《ばあ》さんのとき以来のことだからね。その海客は、県庁に送られる前に死んだそうだ。あんたは溺《おぼ》れずに辿《たど》り着いた。運が良かったね」

「あの……」

「何だえ」

「ここはいったい、どこなんですか？」

「淳州だよ。さっき、ここに」

地名を書きつけた場所を示す老婆を制した。

「そうじゃありません！」

驚《おどろ》いたように眼《め》を見開いた老婆に向かって陽子は訴える。

「あたし、虚海なんて知りません。巧国なんて国、知りません。こんな世界、知らない。ここはどこなんですか!?」

困ったように息をついただけで、老婆はそれに答えなかった。

「……帰る方法を教えてください」

「ないね」

あっさり言われて、陽子は両手を握《にぎ》りしめる。

「ない、って」

「人は虚海を越《こ》えられないのさ。来ることはできても、行くことはできない。こちらから向こうへ行った人間も、帰った海客もいない」

言葉が胸の底に落ち着くまでに少しかかった。

「……帰れない？　そんな莫迦《ばか》な」

「無理だね」

「だって、あたし」

涙《なみだ》が零《こぼ》れた。

「両親だって、いるんです。学校にだって行かなきゃならないし。ゆうべだって外泊《がいはく》だし、今日だって無断欠席だし、きっとみんな心配して」

老婆は気まずそうに視線を逸《そ》らす。立ち上がって、卓上《たくじょう》のものを片付け始めた。

「……諦《あきら》めるしかないね」

「だってあたし、こんなところに来るつもりなんて、全然なかった！」

「海客はみんなそうだよ」

「全部向こうにあるんです。何一つ持ってこなかった。なのに帰っちゃいけないの!?　あたし……」

それ以上は言葉にならなかった。声を上げて泣き始めた陽子には構わず、老婆《ろうば》は部屋を出ていく。運び込まれたものが運び出されて、鍵《かぎ》を掛《か》ける音が響《ひび》いた。牢獄《ろうごく》の中には陽子だけ。燭台《しょくだい》すら持ち去られて、一筋《ひとすじ》の光さえなかった。

「あたし、家に帰りたい……！」

身体《からだ》を起こしていることが困難で、寝台《しんだい》に身体を丸めた。そのまま声を上げて泣いて、やがて泣き疲《つか》れて気を失うように眠《ねむ》りについた。

夢は、見なかった。

5

「起きろ」

そう言って陽子は叩《たた》き起こされた。

泣き疲れた瞼《まぶた》が重い。ひどく光が眼に沁《し》みた。疲労《ひろう》と飢《う》えで深い脱力《だつりょく》を感じたが、何かを食べたいとは思わなかった。

牢に入ってきて陽子を起こした男たちは、陽子の身体に軽く縄《なわ》を掛けた。そのまま外に押《お》し出される。建物から出たところにある広場には馬車が待っていた。

荷車に二頭の馬が繫《つな》がれていた。馬車の上に乗せられ、そこから周囲を見渡すと広場のあちこちや道の角に大勢の人間が集まって陽子のほうを見ていた。

これだけの人間が、昨日見た廃墟《はいきょ》のような街のどこに潜《ひそ》んでいたのだろう。

誰《だれ》もが東洋人のようだが、髪《かみ》の色が違《ちが》う。大勢集まると、それがひどく奇異《きい》な感じがした。誰もが好奇心や嫌悪《けんお》をないまぜにした表情をしている。本当に護送される犯人のようだと陽子は思う。

眼を開けてから、目覚めるまでのほんの一瞬《いっしゅん》の間に、全部が夢だったらどんなにいいだろうか、と心から念じた。それはすぐに陽子を乱暴に引きずり起こす男の手によって破られたのだけれど。

身繕《みづくろ》いをする暇《ひま》も、顔を洗う暇も機会も与《あた》えられなかった。海に飛び込《こ》んでそのままの制服は、淀《よど》んだ海の臭気《しゅうき》を漂《ただよ》わせている。

男が一人陽子の隣《となり》に乗り込んで、馭者《ぎょしゃ》が馬に手綱《たづな》を繰《く》り出す。それを見ながら、お風《ふ》呂《ろ》に入りたいな、と陽子はぼんやり思った。たっぷりのお湯の中に身体を沈めて、いい匂《にお》いのするソープで身体を洗って。新しい下着とパジャマに着替《きが》えて、自分のベッドで眠りたい。

目が覚めたらお母さんの作った御飯を食べて、学校へ行く。友達《ともだち》と挨拶《あいさつ》をして、他愛《たわい》のないお喋りをして。そういえば化学の宿題が半分残っていた。図書館から借りた本も、もう返さなくてはならない。ゆうべ、ずっと見ていたドラマがあったのに見逃《みのが》してしまった。母親が思い出して録画しておいてくれるといいのだけれど。

考えていると虚《むな》しくて、どっと涙が溢《あふ》れた。陽子は慌《あわ》てて俯《うつむ》く。顔を覆《おお》いたかったが、後ろ手に縛《しば》られていてそれもできなかった。

――諦めるしかないね。

そんな言葉は信じない。ケイキだって戻《もど》れないとは言わなかった。

ずっとこのままなんてあるはずがない。着替えることも顔を洗うこともできなくて、罪人のように縄を掛けられて汚《きたな》い馬車に乗せられて。確かに陽子は聖人のように善良ではなかったが、こんな仕打ちを受けるほどの悪人でもなかったはずだ。

頭上を後ろへ退《さが》っていく門を見ながら、陽子は縛られたままの肩口《かたぐち》に頰《ほお》を寄せて涙を拭《ぬぐ》った。隣に坐《すわ》った三十がらみの男は胸に袋《ふくろ》を抱《だ》いて淡々《たんたん》と風景を見ている。

「あの……どこへ行くんですか」

恐《おそ》る恐《おそ》る陽子が声をかけると、疑うような眼つきで見返してきた。

「喋れるのかい」

「はい。……あたしはこれから、どこへ行くんですか？」

「どこって。県庁だ。県知事のところに連れていく」

「それからどうなるんですか？　裁判か何か、あるんですか」

どうしても自分が罪人だという考えが消えない。

「お前が良い海客か、悪い海客か、それがはっきりするまでどこかに閉《と》じ籠《こ》められることになるな」

男の突《つ》き放すような物言いに、陽子は首を傾《かたむ》けた。

「良い海客と、悪い海客？」

「そうだ。お前が良い海客なら、しかるべきお方が後見人について、お前は適当な場所で生活することになるだろうよ。悪いほうなら幽閉《ゆうへい》か、あるいは死刑《しけい》」

陽子は反射的に身を竦《すく》めた。背筋に冷たい汗《あせ》が浮く。

「……死刑？」

「悪い海客は国を滅《ほろ》ぼす。お前が凶事《きょうじ》の前触《まえぶ》れなら、首を刎《は》ねられる」

「凶事の前触れって」

「海客が戦乱や災害を連れてくることがある。そういうときは、早く殺してしまわなくては、国が滅ぶ」

「それをどうやって見極めるんです？」

男はうっすらと皮肉な色の笑《え》みを浮かべた。

「しばらく閉じ籠めておけば分かる。お前が来て、それから悪いことが起これば、お前は凶事の前触れだ。もっとも」

男は剣呑《けんのん》な眼つきで陽子を見る。

「お前はどちらかというと凶事を運んで来そうだな」

「……そんなこと」

「お前が来たあの蝕《しょく》で、どれだけの田圃《たんぼ》が泥《どろ》に沈《しず》んだと思う。配浪《はいろう》の今年の収穫《しゅうかく》は全滅《ぜんめつ》だ」

陽子は眼を閉じた。ああ、それで、と思う。それで自分は罪人のように扱われているのか。村人にとってすでに陽子は凶事の前触れなのだ。

怖《こわ》い、と切実に思った。死ぬのは怖い。殺されるのはもっと怖い。こんな異境で死んだりしたら、誰も惜《お》しまず泣いてもくれない。たとえ死体だけにしても家に帰ることさえできないのだ。

――どうしてこんなことに。

どうしてもこれが陽子の運命だとは信じられなかった。一昨日《おととい》にはいつものように家を出たのだ。母親には行ってきます、とだけ言った。いつものように始まって、いつものように終わるはずだった一日。いったいどこで、何を踏《ふ》み違えてしまったのだろう。村人に声をかけたのがいけなかったのか。そもそも崖《がけ》でじっとしているべきだったのか、陽子をこちらに連れてきた、あの連中とはぐれたのがいけなかったのだろうか。

——それとも、そもそもあの連中に蹤《つ》いてきたのがいけなかったのか。

しかし陽子には選択《せんたく》の余地などなかったのだ。ケイキは力ずくでも連れていく、と言った。化物に追われて、陽子だってなんとかして身を守らねばならなかった。

まるで何かの罠《わな》の中に塡《は》まり込んでしまったようだ。ごく当たり前に見えたあの朝にはすでに罠の中にあって、それが時間と共に引き絞《しぼ》られた。可怪《おか》しいと思ったときにはもはや抜《ぬ》き差しがならなかった。

——逃《に》げなきゃ。

陽子は身体だけが焦《あせ》って暴れ出しそうになるのを抑《おさ》える。失敗は許されない。逃げそびれたりしたら、どんな仕打ちを受けるか分からない。機会を窺《うかが》って、どうにかしてこの窮《きゅう》地《ち》から逃げ出さなければ。

陽子の頭の中で、何かが猛烈《もうれつ》な勢いで回転を始めた。こんな速度でものを考えたことは生まれて初めてかもしれない。

「……県庁まではどれくらいかかるんですか？」

「馬車なら半日、ってところかな」

陽子は頭上を見上げた。空は台風のあとのような青、太陽は早くも真上にある。陽《ひ》が落ちる前に何としても逃げ出す機会を見つけなければならない。県庁がどんなところかは知らないが、少なくともこの馬車よりは逃げることが難しいだろう。

「あたしの荷物はどうなったんですか」

男は怪《あや》しむような眼つきで陽子を見た。

「海客が持ってきたものは届け出るのが決まりだ」

「剣《けん》も？」

男はさらに訝《いぶか》しむような顔をする。警戒《けいかい》するのが分かった。

「……訊《き》いてどうする」

「あれは大切なものなんです」

軽く背後で手を握った。

「あたしを捕《つか》まえた男の人が、とても欲《ほ》しそうにしていたから。ひょっとして彼《かれ》に盗《ぬす》まれたんじゃないかと思って」

男は鼻を鳴らした。

「くだらない。ちゃんと届けるさ」

「そうかしら。あれは飾《かざ》りものだけど、とても高価なものなんです」

男は陽子の顔を見て、それから膝《ひざ》の上の布袋を開いた。中から鮮《あざ》やかに光を弾《はじ》いて、宝剣が現れた。

「飾りものなのか、これは？」

「そうです」

少なくとも身近にあることに安堵《あんど》しながら、陽子は男を見つめた。男が柄《つか》に手を掛ける。どうぞ、抜けないで、と祈《いの》った。田圃で会った男には抜けなかった。ケイキはそれが陽子にしか使えないと言っていた。ひょっとしたら陽子以外には抜けないのではないかと、そう思ったが確信はない。

男が手に力を込める。柄は鞘《さや》から寸分も動かなかった。

「へえ。本当に飾りもんだ」

「返してください」

陽子が訴《うった》えると男は皮肉な色で笑う。

「届けるのが決まりなんでな。それにお前も首を斬《き》られちゃ、用がないだろう。眺《なが》めようにも眺める眼を瞑《つむ》っちゃあな」

陽子は唇《くちびる》を噛《か》む。この縄さえなければ取り戻すことができるのに。ひょっとしてジョウユウが何とかしてはくれないか、と思ったが、力を込めてみても縄はもちろん切れなかった。別に怪力《かいりき》になったわけではないらしい。

なんとか縄を切って剣を取り戻す方法はないものか、とあたりを見廻《みまわ》したとき、流れていく風景の中に金色の光を見つけた。

馬車は山道に差し掛かろうとしていた。何かの樹《き》を整然と植えた暗い林の中に、見覚えのある色を見つけて陽子は眼を見開いた。同時にぞろり、とジョウユウの気配が肌《はだ》を這《は》う。

林の中に人がいた。長い金色の髪と白い顔、裾《すそ》の長い着物に似た服。

——ケイキ。

陽子が心の中で呟《つぶや》くのと同時に、確かに陽子のものではない声が頭の中で聞こえた。

——タイホ。

6

「停《と》めて！」

陽子は馬車から身を乗り出して叫《さけ》んだ。

「ケイキ！　助けて!!」

隣の男が陽子の肩を摑《つか》んで押さえつけた。

「こら」

陽子は男を振《ふ》り返る。

「馬車を停めて。知り合いがいるんです！」

「お前の知り合いはここにはいねえよ」

「いたの！　ケイキだった！　お願い、停めて!!」

　馬の歩みが落ちた。

　振り返ると、すでに金色の光は遠い。それでもそこに確かに人がいること、そのすぐ横にもう一人誰かがいること、その人物が頭から死神のように暗い色の布を被《かぶ》っていること、何かの獣《けもの》を幾頭《いくとう》か連れていることは見て取れた。

「ケイキ！」

　叫んで身を乗り出す陽子の肩を男が強く引いた。思わず尻餅《しりもち》をつき、改めて顔を上げたときには、もう金色の光は見えなかった。いたはずの場所はまだ見える。そこにいた人物のほうが姿を消してしまっていた。

「ケイキ!!」

「いい加減にしろ！」

　男が乱暴に陽子を引きずる。

「どこに人がいる。そんなことで騙《だま》そうたって、そうはいかねえぞ」

「いたの！」

「喧《やかま》しい！」

　怒鳴《どな》られて陽子は身を縮める。動き続ける馬車の上から諦《あきら》め悪く視線だけを投げた。

　やはりそこには、何の姿もなかった。

——なぜ。

ケイキだと思った瞬間《しゆんかん》聞こえた声は、きっとジョウユウのものだろう。あれはケイキに間違《まちが》いない。獣の姿も見えた。ケイキたちは無事だったのだ。

——だったらなぜ、助けてくれない？

混乱した思いでただ視線をさまよわせる。どこかにもう一度、あの金の光が見えないか。

そのときだった。視線を向けていた林の中から声が聞こえたのだ。

陽子は声のしたほうを見やり、次いで隣にいる男が顔をそちらへ向けた。

赤ん坊《ぼう》の泣き声だった。どこかで子供が途《と》切《ぎ》れ途《と》切《ぎ》れに泣いているのが聞こえる。

「おい……？」

泣き声のする方向を指差して男が声をかけたのは、それまで無言で馬車を御《ぎよ》していた男だった。馭者《ぎよしや》はちらりと陽子たちを見やってから、手綱《たづな》を繰《く》り出す。馬の足が速まった。

「赤ん坊が」

「構うな。山の中で赤ん坊の声がしたら、近づかないほうがいい」

「しかし、な」

赤ん坊は火が点《つ》いたように泣き始めた。人が見過ごすことを許さないような、切迫《せつぱく》した声だった。声の在処《ありか》を探すように馬車の縁《ふち》から身を乗り出した男に、馭者は強い声をかける。

「無視しろ。山の中で人を喰《く》らう妖魔《ようま》は、赤ん坊の声で鳴くそうだ」

妖魔、の言葉に陽子は背筋を緊張《きんちょう》させた。

男は納得《なっとく》のいかない顔で、林と馭者とを見比べている。馭者は硬《かた》い顔でさらに手綱を打った。両側の林のせいで翳《かげ》った坂道を、馬車は大きく揺《ゆ》れながら走り始める。

一瞬だけ、ケイキが自分を助けるために何かをしているのだろうか、と思ったが、ジョウユウの感触《かんしょく》が濃厚《のうこう》で、恐ろしく全身が緊張している。助けだと単純に喜ぶわけには、到底《とうてい》いかなかった。

おおあ、と赤ん坊の声がすぐ間近から聞こえた。それは明らかに近づいてきている。その声に応《こた》えるように、別の方向から泣き声がする。あちらからもこちらからも泣き声が聞こえて、馬車の周囲を取り巻くように張りつめた声が坂道に響《ひび》き合った。

「ひ……」

男は身を硬直《こうちょく》させて周囲を見廻す。疾走《しっそう》する馬車の速度を意に介《かい》さないように、声はただ近づいてくる。赤ん坊ではない。子供ではありえない。陽子は身を捩《よじ》った。鼓動《こどう》が跳《は》ね上がる。身内に何かが充満《じゅうまん》する。それはジョウユウの気配ではなく、潮騒《しおさい》のような音を立てる何かだ。

「縄《なわ》を解《ほど》いて！」

男は眼を見開いたまま陽子を見やり、首を横に振った。

「襲《おそ》われたら身を守る方法はあるの？」

これにも狼狽《ろうばい》したように頭を振るだけ。

「縄を解いて。その剣をあたしにください」

馬車を取り囲んだ声は、徐々《じょじょ》にその半径を狭《せば》めている。馬は疾走する。車は乗り手を振り落とすように何度も跳ねた。

「早く!!」

陽子が怒鳴ると、男は何かに突《つ》かれたように身動きした。その瞬間だった。ひときわ大きな衝撃《しょうげき》が突き上げてきた。

手酷《てひど》く地面に投げ出されて、陽子はようやく馬車が転倒《てんとう》したことに気がついた。詰《つ》まった息とともに、軽い吐《は》き気が込み上げるのをやり過ごしてから見ると、馬も車も見事に横倒《よこだお》しになってしまっていた。

間近に投げ出された男が頭を振りながら身を起こす。それでも彼はしっかり布の袋《ふくろ》を抱《だ》きしめていた。赤ん坊の声は林の縁から聞こえた。

「お願い！　縄を解いて!!」

叫ぶのと同時に、馬が悲痛な声を上げるのが聞こえた。慌《あわ》てて目をやると馬の一頭に黒い毛並みの大きな犬が襲いかかっていた。犬は恐《おそ》ろしく顎《あご》が発達している。口を開けると顔面が二つに裂《さ》けたように見えた。その鼻面《はなづら》は白い。それが一瞬のうちに赤く染まった。男たちが悲鳴を上げる。

「これを解いて剣を寄越《よこ》して！」

男にはもう、陽子の声は聞こえていないようだった。慌てふためいて立ち上がり、しっかり袋を抱いたまま片手で宙を掻《か》くようにして坂を下へ走っていく。

その背に向かって林の中から数匹《ひき》の黒い獣が飛び出してきた。

男の姿と黒い獣の姿が交錯《こうさく》する。獣が地に降り立ち、あとには立ち竦《すく》んだ男が残された。

——いや、立ち竦んでいるのではない。男の身体《からだ》には、すでに首と片腕《かたうで》がなかった。一瞬ののちにその身体が倒れる。放水のように噴《ふ》き出した鮮血《せんけつ》がくっきりと軌跡《きせき》を描《えが》いて、あたり一面に赤く水滴《すいてき》を降らせた。陽子の背後で馬が高く嘶《いなな》いた。

陽子は馬車に身を寄せる。その肩《かた》に何かが触《ふ》れて、驚《おどろ》いて振り返ると馭者だった。彼は陽子の後ろ手に括《くく》られた手を掴む。小刀を握《にぎ》っているのが見えた。

「逃《に》げな。いまなら奴《やつ》らのそばをすり抜けられる」

言って馭者は立ち上がる。陽子を拘束《こうそく》していた縛《いまし》めが緩《ゆる》んだ。

馭者は陽子を引き立て、坂の下へ向かって押《お》し出した。坂の上には馬に群がった犬がいる。坂の下には倒れた男に群がった犬。身体の上に小山を作った黒い獣を、少し離《はな》れた場所から男の首だけが見つめていた。

この降って湧《わ》いたような殺戮《さつりく》に身を竦める陽子には関係なく、縛めを解かれた身体は戦闘《せんとう》の準備をする。手近の石を掻き集めるようにして拾い上げた。

——そんな小石で何ができるの。

陽子の身体は立ち上がる。坂の下に向かった。がつがつと嫌《いや》な音をさせている毛皮の群れから、その音に調子を合わせて揺れる男の足が見えていた。眼が毛皮の数を数える。
一、二、……、五、六。
陽子は群れに近づく。あたりは赤ん坊の声がやんで、いまは骨肉を嚙む音だけが満ちていた。

ふいに犬の一頭が顔を上げた。白いはずの鼻面は真っ赤に染まっている。その犬が声をかけでもしたように、次々とほかの犬が頭を上げた。

——どうするの。

陽子の身体は小走りに駆《か》け出した。最初に飛びかかってきた犬の鼻面に小石が命中する。無論、そんなもので倒せるものでもない。獣の足を一瞬の間、止めることしかできなかった。

——無駄《むだ》よ。

群れが退《ひ》いたあとには、すでに人の原形を留《とど》めていない男の身体があった。

——ここで、死ぬんだ。

喰われるんだ、あんなふうに。あの顎と牙《きば》で咬《か》み裂かれて、肉の塊《かたまり》になり、その肉さえ喰い尽《つ》くされてしまう。

そんな絶望的な思いに駆られながらも、小石で犬を散らして陽子は駆ける。動き出したジョウユウを止める方法はない。できるだけジョウユウの妨げにならないよう意識を凝《こ》らし、せめて痛みを感じる暇《ひま》がないように祈《いの》るしかなかった。

駆ける陽子の足に腕に背中に、鈍《にぶ》い衝撃と鈍い痛みが次々に生じる。

救援《きゅうえん》を求め、とっさに背後を振り返った陽子の眼に、小刀を闇雲《やみくも》に振り廻しながら走り出した男の姿が見えた。馭者は陽子とは反対側の林に向かって駆け込む。下草を掻き分けたところで、何かが彼の身体を木陰《こかげ》に引きずり込んだ。

どうしてあんな方向へ、と疑問が湧いて、瞬時に自分が囮《おとり》に使われたのだと悟《さと》った。逃げ出した陽子が襲われている間に、自分は林の中に逃げ込むつもりだったのに違いない。男の目論見《もくろみ》は失敗に終わった。彼は襲われ、そうして陽子も無事でいられるとは思えない。

手の中の石が尽きた。すでに人の形を留めていない男の死体までは三歩の距離《きょり》。

空の手が右から襲ってきた鼻面を打ち据《す》える。足首にがっきと摑まれる感触を感じて身体が掬《すく》い上げられそうになるのを、前のめりに逃げる。背中に重い衝撃が当たったのをさらに前のめりになって躱《かわ》し、頭から男の死体に突っ込んだ。

——嫌だ。

悲鳴は出なかった。心のどこかがひどく麻痺《まひ》していて、ごく淡《あわ》い嫌悪《けんお》が浮《う》かんだだけだった。

身体が起き上がり、背後に向かって身構える。この化物に睨《にら》み合いが通用するとは思えなかったが、意外にも犬は頭を低く垂れて間合いを測っている。だからといって、いつまでもそれが続くはずもない。

陽子は右手を死体に掛《か》けて、伏《ふ》せた男の肉塊《にくかい》の下を探《さぐ》った。

この男が一瞬のうちに死体になった姿が目に甦《よみがえ》る。時間がない。連中が決心すれば、一瞬で決着がついてしまう。

探る指先に、硬いものが触れた。

陽子には、手の中に柄《つか》が飛び込んできたような気がした。

——あ……ああ。

命綱を掴んだ。鞘《さや》ごと男の肉塊の下から引き抜《ぬ》こうとしたが、どうしたわけか鞘が半ばまで現れたところで動かない。剣《けん》と鞘とは離してはならないと言われた。しかし。

陽子は迷い、迷う暇さえないことに思い至り、思い切って刀身だけを引き抜いた。切っ先で珠《たま》を結んだ紐《ひも》を切って、珠を手の中に握り込《こ》む。と同時に、犬が動いた。それを視野に捉《とら》えるや否や、右手が動いて白刃《はくじん》が走る。

「ああ——あぁぁ!!」

言葉にならない叫びが喉《のど》を突いた。

襲ってきた犬を左右に斬《き》り捨てて、開いた間隙《かんげき》に飛び込むようにして走り出す。なおも追い縋《すが》ってくる獣を斬り退《の》け、全力でその場を駆け去った。

7

陽子は太い幹に身体を預けて坐《すわ》り込んだ。

あの坂を下り、途中から山に分け入って、足が動かなくなった場所がここだった。汗《あせ》を拭《ぬぐ》うつもりで腕を挙げると、制服は血で重く濡《ぬ》れている。顔を顰《しか》めて上着を脱《ぬ》いだ。脱いだセーラー服で剣を拭う。拭った切っ先を目の前に翳《かざ》してみた。

いつだったか日本史の授業で、日本刀で斬れるのは数人が限界、と聞いたことがある。刃《は》毀《こぼ》れと血脂《ちあぶら》で使いものにならなくなる、と。さぞかし傷《いた》んでいるだろうと思ったのに、軽く布で拭っただけで曇《くも》り一つない。

「……不思議」

陽子にしか抜けないことといい、妙《みょう》な剣だと思った。最初に持ったときには重いような気がしたが、鞘を払《はら》えばひどく手に軽い。

陽子は、鋭利《えいり》な煌《きら》めきを取り戻《もど》している刀身を脱いだ服でくるむ。それを腕の中に抱き込んで、しばらく息を整えていた。

鞘をあの場に残してしまった。取りに戻るべきだろうか。

鞘と剣とは離してはならないと、そう言われたが、それは鞘にも何かの意味があるということなのだろうか。それとも、鞘には珠がついていたからだろうか。

汗が引くと制服の下に着ていたTシャツだけでは寒かったが、もう一度汚《よご》れた上着に袖《そで》を通す気にはなれない。落ち着いてみると全身が痛んだ。腕も足も傷だらけだった。

Tシャツの袖には牙が通った痕《あと》がいくつもある。下から血が滲《にじ》んで白い色を斑《まだら》に染めていた。スカートは裂けてしまっているし、その下の足にも無数の傷ができている。傷の大半からまだ血が出ていたが、男を一瞬《いっしゅん》のうちに殺した牙がつけた傷にしては、恐ろしく軽傷だといってよかった。

可怪《おか》しい、と思う。どう考えてもこんなに軽傷で済むはずがない。そういえば職員室のガラスが割れたときにも、まわりの教師たちが大怪我《おおけが》をした中で、陽子だけは無傷だった。獣《けもの》の背から落ちたときも、そこが空の上だったというのに擦《す》り傷しかなかった。

変だとは思うがしかし、姿形までが変わってしまったことを思うと取り立てて悩《なや》むほどのことでもないのかもしれない。

陽子はなんとなく息をつく。溜息《ためいき》に似た呼吸をしてから、自分の左手が固く拳《こぶし》を握ったままなのに気がついた。強張《こわば》る掌《てのひら》を開くと、青い珠が転がり出てくる。改めて握り直すと、そこから痛みが引いていくのが分かった。

珠を握ってしばらくうとうとし、目覚めてみるとあちこちの傷はすでに乾《かわ》いていた。

「……不思議」

しくしくと身体を蝕《むしば》むような痛みは消えている。疲労《ひろう》が薄《うす》らいでいるのを感じる。確かにこれは、失《な》くしてはならないものだ。陽子にはこのうえもなくありがたい。

おそらくは、これが結びつけられていたから、鞘を失くすなと言われたのだろう。制服からスカーフを外し、剣を使って細く裂いた。それを固く捻《ねじ》って珠に空いた穴に通すと、首に掛けておくのにちょうど良い長さだった。

珠を首に下げて、陽子は周囲を見渡す。斜面《しゃめん》に続く林の中だった。すでに陽《ひ》は傾《かたむ》いて、枝の下には薄闇が漂《ただよ》い始めている。方角は分からない。これからどうしたらいいのかも、分からなかった。

「……ジョウユウ」

背後に意識を向けて問いかけてみたが、返答はなかった。

「お願いだから、何か言ってよ」

やはり返答はない。

「これから、どうしたらいいの？　どこへ行って何をすればいいわけ？」

どこからも声はしなかった。いないはずはないのに、自分の身体に意識を凝らしてもそれがいる感触《かんしょく》は見出《みいだ》せなかった。微《かす》かにかさかさと葉擦《はず》れの音がするのが、かえって静かな気がする。

「あたし、右も左も分からないのよ」

陽子は不毛な独り言を続ける。

「あたしはこっちのこと、何一つ分からないんだよ。それであたしにどうしろって言うわけ。人のいるところに出れば、また捕《つか》まるんでしょ？　捕まったら殺されるんじゃない。誰《だれ》にも会わないように逃げ廻《まわ》って、それでなんとかなるの？　どっかにドアでもあって、それを探して開けたら、家に帰れるわけ？　そうじゃないでしょう」

何かをしなければならないのに、何をしたらいいのか分からない。ここに坐っていても何一つ救われないと分かっているのに、どこへ行ったらいいのか分からない。

林の中は急速に黄昏《たそが》れていこうとしていた。明かりを点《とも》す方法も、今夜の寝床《ねどこ》のあてもなかった。食べるものも飲むものもない。人のいる場所は危険で近づけず、人のいない場所をあてもなくうろつくのは怖《こわ》い。

てよ！」

「あたしにどうしろっていうの。せめて、何をどうすればいいのか、それだけでも教えてよ！」

やはり返答はなかった。

「いったい何がどうなってるの。ケイキたちはどうしたの？　さっきいたのはケイキでしょう？　どうして姿を消したの。どうして助けてくれなかったの。ねえ、どうして!?」

かさこそと葉擦れの音だけがする。

「お願いだから、何か喋《しゃべ》ってよ……」

点々と涙《なみだ》が零《こぼ》れた。

「……帰りたい」

もといた世界を好きだったとは言わない。それでも離れてみれば、ただ懐《なつ》かしいばかりで涙が出てくる。もう一度帰れるなら何でもする。帰ったら二度と離れない。

「家に……帰りたいよぉ」

子供のように泣きじゃくりながらふと思う。

陽子はなんとか逃げ出すことができた。県庁に送られることも、あの獣に喰《く》われることもなかった。こうして生きて自分の膝《ひざ》を抱いていられる。

それはしかし、本当に幸いなことだったのだろうか？

——痛みなら……。

浮上《ふじよう》してきた考えを、頭を振《ふ》って無理にも散らす。それを考えるのは怖かった。きっといまはどんな言葉よりも説得力がある。陽子はしっかりと膝を抱きしめた。

突然《とつぜん》、声が聞こえたのはそのときだった。

妙に甲高《かんだか》い老人のような声は、陽子が強《し》いて思い浮かべないようにした言葉を笑いを含《ふく》んで言ってのけた。

「痛みなら、一瞬で終わったのにナァ」

陽子は周囲を見渡《みわた》した。すでに右手は剣の柄を握りしめている。林の中はすっかり夜の顔をしていた。かろうじて幹や下草の高さが分かる程度の明かりしかない。

その中にぼんやりとした光がある。陽子の坐った場所から二メートルほどの地点。下草の中から薄蒼《うすあお》い燐光《りんこう》を放つものが覗《のぞ》いている。

それを見据えて陽子は微かに息を呑《の》んだ。

鬼火《おにび》のように光る毛並みを持った、一匹の猿《さる》だった。丈《たけ》の高い雑草の間から首だけを出して、陽子のほうを見ながら嘲笑《あざわら》うように歯茎《はぐき》を剥《む》き出しにしている。

猿はきゃらきゃらと耳に刺《さ》さる音で笑った。

「喰われてしまえば、一瞬だったのにサァ」

陽子は巻きつけた制服の間から剣を抜き出す。

「……あなた、なに？」

猿はさらに高く笑う。

「オレはオレさァ。莫迦《ばか》な娘《むすめ》だよ、逃《に》げるなんてヨォ。あのまま喰われてれば、辛《つら》い思いをせずに済んだのになァ」

陽子は剣を構える。

「何者、なの？」

「オレはオレだってば。あんたの味方さァ。あんたにいいことを教えてやろうと思ってな」

「……いいこと？」

猿の言葉は鵜呑《うの》みにできない。ジョウユウが緊張《きんちょう》する様子を見せないので敵ではないのだろうが、怪《あや》しげな見かけからしても、到底《とうてい》、真《ま》っ当《とう》な生き物とは思えなかった。

「お前、帰れねえよ」

あっさり言われて陽子は猿を睨みつけた。

「黙《だま》んなさいよ」

「帰れねえよ。絶対、無理だ。そもそも帰る方法なんか、ねえのさ。——もっといいことを教えてやろうか？」

「聞きたくない」

「教えてやるってばさ。お前、騙《だま》されたんだよォ」

きゃらきゃらと猿は大笑いした。

「だま……された？」

水を浴びせられた気がした。

「バカな娘だよ、ナァ？ お前は、そもそも罠《わな》に塡《は》められたのサァ」

陽子は息を呑んだ。

――罠。

ケイキの？ ケイキの!?

柄を握《にぎ》る手が震《ふる》えたが、否定する言葉を思いつけなかった。

「思い当たるフシがあるだろう？ お前は、こっちに連れてこられた。二度とあっちに帰さない罠だったのサァ」

高い声が耳に突《つ》き刺さった。

「やめて！」

無我夢中で剣を払っていた。鈍《にぶ》い乾いた音がして草の先が舞《ま》う。陽子が自力で闇雲《やみくも》に振り廻した切っ先は猿に届かなかった。

「そうやって耳を塞《ふさ》いでも、事実は変わらないよォ。そんなもんを後生大事に振り廻しているからさァ、死に損《ぞこ》なっちまうのサァ」

「やめてっ！」

「せっかくいいもんを持ってんだから、もっとマシなことに使いなよォ。——それでちょいと自分の首を刎《は》ねるのさァ」

きゃらきゃらと猿は天を仰《あお》いで大笑いした。

「黙れぇっ!!」

手を伸《の》ばして払った先に猿はいない。少しばかり遠ざかって、やはり首だけが覗いていた。

「いいのかい？　オレを斬っちまってサァ。オレがいなかったら、お前、口を利《き》く相手もいないんだぜ」

はっ、と陽子は眼《め》を見開いた。

「オレが何か悪さをしたかい。こうして親切にも、お前に声をかけてやってるんじゃないかァ」

陽子は歯を食いしばる。固く眼を閉じた。

「可哀想《かわいそう》になァ。こんなところに連れて来られて」

「……どうすればいいの」

「どうしようもないのさ」

「……死ぬのは嫌《いや》」

それはあまりに恐《おそ》ろしい。

「勝手にするがいいさ。オレはお前に死んでほしいわけじゃないからさァ」

「どこへ行けばいいの？」

「どこへ行っても同じだ。人間からも妖魔《ようま》からも追われるんだからヨォ」

陽子は顔を覆《おお》う。また涙が零れた。

「泣けるうちに泣いておきな。そのうち涙なんて涸《か》れちまうからサァ」

きゃらきゃらと声高く猿は笑った。笑い声が遠ざかっていくのを耳にして、陽子は顔を上げた。

「――待って！」

置いて行かれたくない。たとえ得体の知れない相手でも、こんなところに独りで話す相手もなしに途方《とほう》に暮れているよりはずっといい。

しかし、顔を上げた先に猿の姿は見えなかった。真っ暗になった闇の中に高い笑いだけが遠ざかり遠ざかりしつつ、いつまでも響《ひび》いていた。

8

――痛みなら、一瞬《いっしゅん》で済む。

その言葉は胸の中に重く沈《しず》んで、どうしても忘れることができなかった。

陽子は何度も膝の上に載《の》せた剣《けん》に目をやる。あるかなしかの光を昏《くら》く弾《はじ》いて、冷たく硬《かた》いものが横たわっている。

——痛みなら……。

思考がそこで立ち止まる。頭を振って払《はら》い落としても、いつの間にかそこに戻《もど》っている。

戻ることも進むこともできずに、陽子はただ刀身を見つめる。

やがてそれが微かに光を放ち始めて、陽子は眼を見開いた。

ゆっくりと、夜目にも白く刀身の形が浮《う》かび上がる。手に取って翳《かざ》してみる。自らが放った光で鋭利《えいり》な煌《きら》めきを作ったその剣は、両刃《りょうば》の差し渡しが中指の長さほどもある。その刃に不思議な色が躍《おど》って、陽子は目を凝らした。

何かが映っているのだと悟《さと》り、自分の顔だろうと納得《なっとく》しかけ、そうしてそうではないのに気づいた。刃に何かが映っていることは間違《まちが》いないが、それは陽子の顔などではない。刀身を近づけてよくよく見ると、人影《ひとかげ》だった。誰かが動いている姿が映っている。

高く水の音がした。洞窟《どうくつ》の中で水滴《すいてき》が水面を叩《たた》くような音には聞き覚えがあった。刃に映った人影は、目を凝らすうちにどんどん鮮明《せんめい》になってくる。波紋《はもん》を描《えが》いた水面が水の音とともに落ち着いてしっかりと像を結ぶような、そんなふうに見えた。

人だった。女で、どこか部屋の中を動いている。

そこまでを見て取って、陽子の眼に涙が浮かんだ。

「……お母さん」

そこに映っているのは母親で、その部屋は陽子の部屋に間違いなかった。

白地にアイボリーの模様が入った壁紙《かべがみ》、小花模様のカーテン、パッチワークのベッドカバー、棚《たな》の上のぬいぐるみ、机の上の『長い冬』。

母親はうろうろと部屋の中を歩いては、そのあたりのものに触《ふ》れる。本を手に取り、ページを軽く捲《めく》り、机の抽斗《ひきだし》を開けて中を覗《のぞ》き込《こ》み、かと思うとベッドに腰《こし》を降ろして溜息《ためいき》をつく。

(お母さん……)

母親はどことなく窶《やつ》れたように見えた。沈んだ顔色に陽子は胸が痛くなる。きっと陽子を心配している。あちらを発《た》って、すでに二日が経《た》った。一度だって夕飯の用意に遅《おく》れたこともなければ、行く先を告げずに出掛《でか》けたこともないのに。

一通りそのあたりのものを弄《いじ》った母親は、やがてベッドに坐《すわ》り込んだ。壁際《かべぎわ》に並べたぬいぐるみを取って軽く叩く。そうしてそれを撫《な》でながら、声を殺して泣き始めた。

「お母さん!」

まるで目の前にいるようで、陽子は思わず叫《さけ》んだ。

叫んだとたんに風景が途切れる。ふと我に返って眼の焦点《しょうてん》を合わせると、そこには一振りの剣。すでに輝《かがや》きを失《な》くして、刃に影は見えない。水の音もやんでいた。

「——何だったの」

いまのはいったい何だったのだろう。まるで現実のように見えた。

陽子はもう一度剣を目の前に翳す。じっと刃に目を凝らしても、もう影は見えなかった。水の音も聞こえない。……水滴の音。

陽子はふと思い出す。

あれは夢の中でも聞いた音だった。一月続いたあの夢の中、必ず高い水滴の音がしていた。あの夢は現実になった。——では、いま見た幻影《げんえい》は？

考えても分からなくて、陽子は首を振る。母親の姿を見てしまえば、ただもう帰りたくて堪《たま》らなかった。

陽子は猿の消えた方角を見やった。

帰れない、罠だ、と認めればすべての希望が失われてしまう。

罠ではない。さっきケイキが助けてくれなかったのだって、陽子を見捨てたからではない。きっと何か事情があったのに違いない。

——いや、そもそもはっきり顔を見たわけではない。あれがケイキだったというのは、陽子の勘違《かんちが》いだったかもしれない。

「きっと、そうだ」

ケイキに似ていたが、あれはケイキではなかった。ここには様々な色の髪《かみ》を持った人間がいる。金髪《きんぱつ》でケイキだと思ったが、しっかり顔を確認《かくにん》したわけではない。そう思ってみるとあの人影は、ケイキよりも少し小さかったような気がした。

「そうよ、そうなんだわ」

あれはケイキじゃない。ケイキが陽子を見捨てるなんてことはありえない。だからケイキを捜《さが》しさえすれば、きっと帰れる。

固く固く柄《つか》を握りしめたとき、ふいに背筋をぞろりとしたものが走った。

「ジョウユウ？」

身体《からだ》が勝手に起き上がる。剣から上着を解《ほど》いて身構えようとする。

「……なに？」

返事がないことは承知で問いかけながら、陽子は周囲に目を配った。鼓動《こどう》が速まる。

ざわ、と下草を掻《か》き分ける音が正面からした。

——何かが来る。

次いで、聞こえたのは唸《うな》り声だった。犬が他を威嚇《いかく》するときに出す音。

——あの連中。

馬車を襲《おそ》った連中だろうか？

何にしても、こう暗くては戦うのに不利だ。陽子はそう考えて背後に目をやる。どこか少しでも明るいところへ行きたい、と足を軽く踏《ふ》み出すと、ぞろりとした感触《かんしょく》がそれを助けた。陽子は駆《か》け出す。同時に背後で、何か大きなものが草叢《くさむら》を掻き分けて突進《とっしん》してくる音が聞こえた。

陽子は暗い林の中を駆ける。追っ手の足が充分《じゅうぶん》に速いようなのに追いつかれることがなかったのは、どうやらあまり機敏《きびん》な相手ではなかったからのようだった。

幹から幹へ伝うようにして走ると左右に振り廻《まわ》される音がする。ときおり幹にぶつかるらしい音さえ聞こえた。

光の見える方向に走って、陽子は林から飛び出した。

山の中腹の木立が切れてテラスのように張り出したところだった。白々とした月光に照らされて、眼下になだらかな山の連なりが一望できる。平地でなかったことに舌打ちしながら背後に向かって身構える。盛大《せいだい》な音を立てて大きな影が飛び出してきた。

それは牛に似ていた。長い毛並みを纏《まと》っていて、それを呼吸と一緒《いっしょ》に逆立てる。犬のような声で低く唸った。

驚《おどろ》きも恐怖《きょうふ》も感じなかった。鼓動は速いし、息も喉《のど》を灼《や》くようだが、それでもすでに異形《いぎょう》のものに対する恐れが薄《うす》れていた。ジョウユウの気配に注意を向ける。身内で潮騒《しおさい》に似た音がする。これ以上返り血を浴びるのは嫌だな、とそんなことを暢気《のんき》に考えた。

いつの間にか月が高い。冴《さ》え冴《ざ》えと白い光を浴びて刃がさらに白かった。

その白刃《はくじん》が夜目には黒く染まって、三撃《げき》で大きな化物は横倒《よこだお》しになった。歩み寄って止《とど》めを刺《さ》す間に、周囲の林の暗がりの中に、赤く光る眼が集まっているのを見て取った。

明るい場所を選んで歩きながら、幾度《いくど》となく襲ってくる妖魔と戦わなくてはならなかった。

長い夜の間に何度も襲撃《しゅうげき》を受けて、化物はやはり夜に出没《しゅつぼつ》するものなのだと悟る。ひっきりなしというわけではなかったが、珠《たま》の力を借りても疲労《ひろう》は溜《た》まっていく。人気《ひとけ》のない山道に夜明けが訪《おとず》れたときには、剣を地に突き刺し、杖《つえ》の代わりにしても歩くことが辛《つら》かった。

明るくなり始めると同時に襲撃は間遠になり、朝の光が射《さ》したころには完全にやんだ。そのまま道端《みちばた》で泥《どろ》のように眠《ねむ》ってしまいたかったが、人に見つかっては危険だ。萎《な》えた手足を引きずるようにして動かし、道の脇《わき》の林の中に這《は》い込んだ。山道からさほど遠くもなく近くもない場所に柔《やわ》らかな茂《しげ》みを見つけ、そこで剣を抱《だ》いて墜落《ついらく》するように眠りについた。

三章

1

夕方近くに起きて、あてもなく歩き、夜を戦って過ごす。寝《ね》る場所は草叢《くさむら》で、食べるものはわずかの木の実で、それで三日を数えた。

疲労《ひろう》が大きいのでそんな場所でも眠《ねむ》れないということはなかったが、それでも飢餓《きが》は深い。珠《たま》を握《にぎ》っていればどうやら飢《う》えて死ぬことはないようだったが、それで空腹が満たされるわけではなく、胃の中に身内を噛《か》む虫を無数に飼っているような気が、陽子《ようこ》にはした。

四日目になって、ただあてもなく歩き続けることに見切りをつけた。

何かに——それが何かは陽子にも分からない——突《つ》き当たりはしないだろうかと思って歩き続け、ただ歩くだけでは何一つ進展がないことを認めないわけにはいかなかった。

ケイキを捜《さが》さなくてはならない。捜すためには人のいる場所へ行かなくてはならない。しかし、海客《かいきゃく》だと知れればまた捕《つか》まって、同じことが起こるのに違《ちが》いない。

陽子は自分の姿を見降ろした。

どこかでせめて着るものを手に入れる必要がある。着るものなりとも変われば、一見して陽子が海客だとばれることはないかもしれない。

問題は着るものを手に入れる方法だった。

こちらの通貨が何なのかは知らないが、陽子には所持金がない。買うことは不可能だった。だとすれば方法は限られている。剣《けん》にものを言わせて脅《おど》し取るか、あるいは盗《ぬす》み取るか。

着るものの問題には早くから気づいていたが、盗みを働く勇気が陽子にはなかった。四日あてもなく山をさまよって、ようやく決心がついた。

陽子は生き延びなければならない。なにも人を殺して、死体からものを盗もうというわけではない。躊躇《ためら》っていては近いうちに限界が来る。

陽子は太い幹の陰《かげ》から、間近に見える小さな村落に目をやった。貧しい佇《たたず》まいの家が谷間の中ほどに密集している。陽《ひ》はまだ高く、遠目に見える田圃《たんぼ》に人影《ひとかげ》がある。住人はきっと、農作業をしている最中だろう。

意を決してそろそろと林を出た。集落の一番近くに見える家に近づいてみる。塀《へい》のようなものはなくて、周囲を小さな畑に囲まれている。黒い瓦《かわら》の屋根、半分剝《は》げかけた白漆喰《しっくい》の土壁《つちかべ》。窓らしき穴が空いているが、ガラスは入っていない。鎧戸《よろいど》のように板戸がついていたが、どれも開いたままになっていた。

陽子は周囲に注意を払《はら》いながら建物に近寄る。最近ではどんな化物を見ても震《ふる》えないのに、歯を食いしばっていなければ奥歯《おくば》が鳴るのを止められなかった。

そっと窓から中を窺《うかが》うと、小さな土間に竈《かまど》とテーブルがあるのが見えた。ダイニング・キッチンという体裁だった。人影は見えず、耳を澄《す》ましても物音はない。

足音を殺して壁伝いに歩き、井戸のそばに戸口らしい板戸を見つけて手を掛《か》けてみる。ドアのように引いて開く板戸は難なく動いた。

息を殺して中を窺い、それでようやくこの家が無人なのだと確認《かくにん》する。軽く息を吐《は》いて陽子は家の中に入った。

六畳《じょう》程度の土間の部屋だった。質素な造りだが「家」の匂《にお》いがする。四方に壁があって家具があって生活の道具があって。それだけのことが泣きたいくらい懐《なつ》かしかった。

この部屋にあるのは棚《たな》がいくつかだけだと見て取って、陽子はたった一つあったドアに近づく。そっと開けてみると、中は寝室《しんしつ》のようだった。いつか牢獄《ろうごく》にあったのよりいくらかましな寝台が部屋の両端《りょうはし》に二つあり、棚や小卓《しょうたく》や大きな木箱が置いてある。どうやらこの家にある部屋はこの二間きりのようだった。

窓が開いているのを確認し、陽子は部屋の中に入ってドアを閉じる。真っ先に棚を検《あらた》め、そこに大したものはないのを確認してから、次いで木箱の蓋《ふた》を取った。

中には布の類《たぐい》がぎっしり入っていたが、一見して衣類と呼べそうなものはなかった。

部屋を見廻《みまわ》しても、ほかに着るものが入っていそうな家具はない。この布の中に必ずあるに違いないと目算をつけて上から順に引っ張り出した。

一抱《ひとかか》え以上もあるその箱を空にして、そこに入っているのは雑多なものを入れた小箱がいくつかとシーツや薄《うす》い布団《ふとん》、陽子には到底着られそうもない子供用の着物だけだと分かった。

着るものがないはずはないのに、と改めて部屋を見渡《みわた》したとき、隣《となり》の部屋のドアが開く音がした。

陽子は文字通り飛び上がった。一気に鼓動《こどう》が跳《は》ね上がる。ちらりと一瞬《いっしゅん》窓のほうを見たが、そこまでは恐《おそ》ろしく遠く感じる。ドアの外の相手に気づかれずに、そこまで移動するのは不可能なことに思えた。

――来ないで。

軽い足音が隣の部屋を動き廻って、そしていきなり寝室のドアが動いた。ついに身動きできなかった陽子は、箱の前、布が散乱した中に呆然《ぼうぜん》と立っていた。反射的に剣の柄《つか》を握ろうとしたが、やめた。

生き延びるために必要だから盗みに入った。居直って剣で脅すことは簡単だけれど、相手が怯《おび》えなければ剣を使わなくてはならない。人に向かって剣は振《ふ》れない。だとしたらこれが命運というものだろう。陽子は生き延びるための賭《か》けに負けたのだ。

——痛みなら、一瞬で済む。

ドアが開いて中へ踏《ふ》み込もうとした女が痙攣《けいれん》するように震えて硬直《こうちょく》した。中年に差し掛かったばかりという年頃《としごろ》の大柄《おおがら》な女だった。

逃《に》げる気にはなれなかった。それで黙《だま》って立っていた。すとんと気分が落ち着いた自分を感じる。捕まって小突かれながら県庁へ送られ、そこでしかるべき刑罰《けいばつ》を受ける。それで全部が終わりになれば、ようやく飢えも疲労も忘れることができるというものだ。

女は陽子と足許《あしもと》に散らばった布を見比べ、そうして震える声で言った。

「うちには盗む値打ちのあるものなんて、ないよ」

陽子は女が叫《さけ》び出すのを待っていた。

「……それとも着るもの？　着物が欲《ほ》しいのかい？」

陽子は困惑《こんわく》し、ただ黙っていた。女はその様子から肯定《こうてい》を感じ取ったのだろう、部屋の中に入ってきた。

「着るものならここだよ」

女は陽子の間近を通って寝台に近寄り、膝《ひざ》を突いた。広げてあった布団を捲《めく》ると、寝台の下が抽斗《ひきだし》になっていた。

「その箱の中は使わないものばかりなのさ。死んだ子供の着物とかね」

言いながら抽斗を開けて、中の着物を引っ張り出し始めた。

「どんな着物がいい？　あたしのものしか、ありゃしないんだけどさ」

女は陽子を振り返る。陽子は眼《め》を丸くした。答えられずにいると女は勝手に着物を広げ始める。

「娘《むすめ》が生きてりゃ良かったんだけどね。どれもこれもあんたにゃ、地味かね」

「……なぜ」

ぽつり、と声が漏《も》れた。

どうしてこの女は騒《さわ》ぎ出さないのだろう。どうして、逃げ出さないのだろう。

「なぜ？」

女が振り返ったが、陽子にはその先の言葉を見つけられなかった。女はわずかに強張《こわば》った顔で笑い、それから着物を広げる作業を続ける。

「あんた、配浪《はいろう》から来たんだろう？」

「……ええ」

「海客が逃げた、って大騒ぎさ」

陽子は黙り込《こ》む。女は苦笑《くしょう》した。

「頭の固い人間が多くてねえ。海客は国を滅《ほろ》ぼすだの、悪いことが起こるだの。蝕《しょく》が起こったのまで、まるで海客が起こしたと言わんばかりだからお笑いさ」

言ってから陽子を上から下まで見る。

「……あんた、その血、どうしたんだい？」

「山の中で、妖魔《ようま》が……」

それ以上は言葉にならない。

「ああ、妖魔に襲《おそ》われたのか。最近、多いからね。よく無事だったねぇ」

女はそう言って立ち上がる。

「とにかくお坐《すわ》り。ひもじくはないかい？　ちゃんとものは食べていたのかい。酷《ひど》い顔色をしているよ」

陽子はただ頭を振った。自然に頭が下がった。

「とにかく何か食べるものをあげようね。湯を使って汚《よご》れを落として。着物のことはそれから考えよう」

女はいそいそと隣の部屋に戻《もど》ろうとする。動けない陽子をドアのところから振り返った。

「あんた、名前は？」

答えようとしたが、声が出なかった。次から次へ涙《なみだ》が零《こぼ》れてその場に蹲《うずくま》った。

「可哀想に」

女の声がして、温かな掌《てのひら》が陽子の背中を叩《たた》いた。

「可哀想に、辛《つら》かったろうね」

怺《こら》えていたものがどっと込み上げ、嗚咽《おえつ》になって喉《のど》を突き破った。その場に胎児《たいじ》のように丸くなって、声を上げて泣いた。

2

「とにかくこれに、着替《きが》えなよ」

女は衝立《ついたて》の陰から白い着物を渡してくれた。

「泊《と》まっていくだろ？　とりあえず寝間着《ねまき》を着ておいで」

陽子は深く頭を下げる。

女は泣きじゃくる陽子を慰《なぐさ》めてくれて、小豆《あずき》の入った甘《あま》いお粥《かゆ》を作ってくれて、そうして大きな盥《たらい》に湯を張って、風呂《ふろ》の用意をしてくれた。

長い間苦痛を訴《うった》え続けていた飢えが治まって、熱いお湯で身体《からだ》を洗って、清潔な寝間着に袖《そで》を通すとそれでようやく人間に戻った気がする。

「本当に、ありがとうございます」

風呂を使っていた衝立の陰を出て、陽子は改めて頭を下げる。

「……申し訳ありませんでした」

陽子はこの女からものを盗み取ろうとしていたのだ。

真《ま》っ直《す》ぐに見てみると、女の眼は青い。その碧眼《へきがん》を和《なご》ませて女は笑った。

「いいんだよ、このくらいのこと。それより温かいものでもおあがり。これを飲んで、今夜はゆっくり寝るといい。布団を出してあげたからね」

「済みません」

「いいんだって。それより、その……悪いけど剣をしまわせてもらったよ。どうも心臓に悪くって」

「はい……。済みません」

「謝《あやま》りっこなしだ。それより、名前を聞きそびれたままだったね」

「中嶋《なかじま》陽子です」

「さすがに海客の名前は変わってるや。あたしはタッキってみんな呼ぶね」

言いながら、彼女《かのじょ》は陽子に湯呑《ゆの》みを差し出した。陽子はそれを受け取り、

「タッキ？　どんな字を？」

達姐、と女は指でテーブルに文字を書いた。

「ところで陽子は、これから先のあてがあるのかい？」

訊《き》かれて陽子は首を振った。

「何も……。達姐さん、ケイキという人を知らないでしょうか」

「ケイキ？　あたしの知り合いにゃいないが。——人捜《ひとさが》しかい？」

「はい」

「そりゃ、どこの人？　巧《こう》国の？」

「こちらの人だとしか……」

達姐は苦笑した。

「それだけじゃねえ。せめてどの国のどのあたりか、それくらいは分からないと」

陽子は俯《うつむ》いた。

「あたし、まったくこちらのことが分からないものだから……」

「そうだろうね」

言ってから達姐は湯呑みを置く。

「こちらには国が十二、ある。ここはそのうちの南東の国だ。巧国っていう」

陽子は頷《うなず》いた。

「陽《ひ》の昇《のぼ》るほうが東？」

「そうだよ。そうして、ここは巧国の東だ。五曾《ごそ》っていう。ここから北に十日ほど歩くと、高い山に出る。そこを越《こ》えた向こうが慶国《けいこく》だね」

陽子は達姐が机の上に書いた文字を見据《みす》える。

「配浪《はいろう》はここから真っ直ぐ東に行った海岸のあたりだ。街道《かいどう》沿いに歩いて、五日ってとこだね」

まったく把握《はあく》が不可能であったものがようやく形を現してきて、やっと一つの世界にいるのだという気がした。

「巧国はどのくらいの広さがあるんですか？」

達姐は困惑したように首をかしげる。

「どのくらいと訊かれてもね。そうだね、この巧国を東西に端《はし》から端まで歩いて、三カ月ってとこかね」

「……そんなに？」

陽子は眼を見張った。歩いて、という時間の単位はよく把握できないが、それが少なくとも想像を絶するほどの距離《きょり》だということは理解できた。

「そりゃあ、そうさ。仮にも一つの国なんだから。南北に歩くのにも、そのくらいはかかる。隣の国に行くには山か海を越えなきゃならないから、四カ月近くの旅になるね」

「……そして、十二国……」

「そうだよ」

陽子は眼を閉じた。わけもなく箱庭のような世界を想像していた自分に気がついた。この広大な場所で、たった一人の人間を捜せというのか。何の手掛かりもなく、ケイキという名前だけで。ただこの世界を一周するだけで、四年はかかるというのに。

「そのケイキという人は、どういう人なんだい？」

「……分かりません。多分こちらの人だとしか。あたしをこちらへ連れてきた人なんです」

「連れてきた？」

「はい」

「へえぇ、そういうこともあるんだねえ」

達姐は感心したように言った。

「珍《めずら》しいことなんですか？」

「あたしはあんまり学がないんでね」

達姐は苦笑する。

「海客《かいきゃく》についても詳《くわ》しくないのさ。海客なんて、滅多にお目にかかるものでもなし」

「……そうなんですか」

「そうだよ。──何にしても、そりゃあ、普《ふ》通《つう》の人間じゃないだろう。あたしたちにはできないことだからさ。神さまの仲間か仙人《せんにん》か、人妖《にんよう》か……」

陽子は、きょとんと達姐を見返した。達姐は笑《え》みを浮《う》かべる。

「あちらに行くとか、人を連れてくるとか、普通の人間にできることじゃないんだよ。普通の人間じゃないとなれば、神仙か妖魔だってことになるね」

「妖魔がいるのは分かりますけど……神さまや仙人もいるんですか？」

「いるね。あたしたちには縁《えん》のない上の世界のことだけど。神も仙人も上で暮らす。滅多に下には降りてこない」

「上？」

「空の上さ。下にいる仙人もいないじゃないけどね。——王様に州侯《しゅうこう》、みんな空の上さ」

陽子が首をかしげると達姐は苦笑する。

「それぞれの州には領主が一人いる。ここ淳《じゅん》州なら淳侯だ。王から侯に任ぜられて、淳州を治めてる。州侯ともなれば普通の人じゃない。不老長寿《ちょうじゅ》で、神通力を操《あやつ》ったりする。まあ、別の世界の人だねえ」

「それじゃ、ケイキもそういう人なんでしょうか」

「さてね」

達姐はさらに苦笑した。

「仙人というなら、国の偉《えら》い役人もそうだし、王宮で働く者は下《した》っ端《ぱ》に至るまでみんな仙人なんだろうさ。人は空の上には行けない。王宮は上にあるから、そういうことになるね。王なら神の一族だ。仙人は王が任命する。それ以外にも自力で昇仙《しょうせん》する奴《やつ》もいるけどね、そういうのはだいたい世捨て人だ。何にしてもあたしたちとは別の世界の人だし、会うこともありゃしない」

陽子は達姐の言葉を丹念《たんねん》に頭の中へしまい込む。どんな知識も重要だった。

「海には龍王《りゅうおう》がいて海の中を治めるというけど、本当のことか、お伽話《とぎばなし》かは知らない。本当に龍国があるんだったら、そこの人間も普通の人じゃないんだろうさ。そのほかにも妖魔の中に人の形になれるものがいるそうだ。人妖っていうんだが。たいがいは人に似てるってだけだが、中には普通の人間と区別がつかない姿に化けられるのもいるってさ」

達姐は言って土瓶《どびん》から冷めたお茶を注《つ》ぎ足した。

「この世のどこかに妖魔の国があるというけど、本当かどうかは分からない。人と妖魔も、結局のところ別の世界の生き物だからね」

陽子は俯いた。情報は増えたのに、事態はかえって混沌《こんとん》としてきた気がする。

ケイキは人ではないという。では、いったい何者だったのだろう。ヒョウキやカイコや、あの奇妙《きみょう》な獣《けもの》たちは妖魔の一種だろう。だとしたら、ケイキもまた人妖なのだろうか。

「あの……ヒョウキとか、カイコとかジョウユウという妖魔はいますか？」

達姐は不思議そうな顔をした。

「……そういう妖魔は聞いたことがないねぇ。どうしたんだい？」

「ヒンマンとか」

達姐は少し怪訝《けげん》そうにする。

「賓満《ひんまん》だろう。戦場や軍隊に出る妖魔だ。身体がなくて赤い眼をしているそうだよ。──何でそんなもんを知ってるんだい」

陽子は少し身を震《ふる》わせる。では、ジョウユウは賓満という妖魔なのだ。それがいまも自分の身体に憑依《ひょうい》している。

それを言ったら達姐に気味悪く思われそうで、陽子はただ首を振《ふ》った。

「……コチョウとか」

「コチョウ」

身じろぎをして、達姐は蠱雕《こちょう》、という文字を書く。

「角のある鳥だろう。人を喰《く》う獰猛《どうもう》なやつだ。蠱雕がどうしたんだい？」

「襲《おそ》われたんです」

「莫迦《ばか》な。どこで」

「あちらで……。蠱雕に襲われて、あたしは逃《に》げて来たんです。あたしかケイキを狙《ねら》って現れたみたいで……。身を守るためにはこちらへ来るしかないと、ケイキがそう言って」

「そんなことがあるもんかね」

達姐は低く言う。陽子は重い溜息《ためいき》をつく達姐を見返した。

「何か変ですか？」

「変だね。どこぞの山に妖魔が出るというだけでも、こっちの人間には大事《おおごと》なんだよ。もともと妖魔ってのは、そうそう人里に出るもんじゃない」

「そう……なんですか？」

眼《め》を見張る陽子に、達姐は頷いてみせる。

「最近はどういうわけか多いけどね。危なくって、日が暮れたら外に出られやしない。蠱雕みたいな獰猛なやつが出るとなったら大騒《おおさわ》ぎさ。だけどねえ」

達姐は難しい顔をする。

「妖魔ってのは猛獣《もうじゅう》みたいなもんで、特に誰《だれ》かを狙ったりはしない生き物なのさ。しかもわざわざあちらへ、なんてね。そんな話は初めて聞いたよ。——陽子はひょっとしたら、何か大変なことに行き遭《あ》っちまったんじゃないのかい」

「そうなんでしょうか」

「あたしにゃ、よく分からないけどね。近頃妖魔が多いこととといい、どうにも嫌《いや》な感じだねえ」

達姐の不安そうな声が陽子までも不安にする。山に妖魔がいることも、妖魔が人を襲うことも、こちらでは当たり前のことだと思っていたのに。

——いったい、自分は何に巻き込《こ》まれているのだろう？

考え込んだ陽子を励《はげ》ますように、達姐が明るい声を投げてきた。

「そんな難しいことをあたしたちで考えても仕方ないさ。それより、陽子はこれからあてがあるのかい？」

訊かれて陽子は顔を上げる。達姐の顔を見返して首を横に振った。

「……ケイキを捜すことしか、あたしにできることはないんです」

たとえケイキたちが妖魔《ようま》だとしても、彼《かれ》らが陽子に危害を加えないことは知っている。

「それは時間がかかる。簡単にできることじゃないよ」

「……はい」

「とりあえず生活しなきゃならないだろ？　ここにいてくれてもいいけど、近所の連中に見つかると、また県庁へ突《つ》き出されることになるよ。親戚《しんせき》の子だと言えば通るだろうけど、そんなに長い時間は無理だ」

「……そんな御迷惑《ごめいわく》はおかけしません」

「南に行ったところに河西《かさい》という街があるんだが、そこにあたしのおっかさんがいる」

陽子は達姐を見返した。達姐は笑う。

「宿屋をやっているんだけどね。おっかさんなら、事情を聞いてもあんたを県庁に突き出したりしない。雇《やと》ってくれるよ。──働く気はあるかい？」

「はい」

陽子は即座《そくざ》に頷いた。ケイキを捜すのは、とても難しいことだろう。だとしたら、どこかに生活する場所を持っていなければ話にならない。妖魔と戦う夜も、食べるものもなく野宿する夜も、できることならもう終わりにしたかった。

達姐は笑って頷く。

「偉いね。なぁに、そんなに大変な仕事じゃない。ほかに働いてるのも気のいい子ばかりだし、きっと気に入るよ。――明日には発《た》てるかい？」

「大丈夫《だいじょうぶ》です」

よかった、と達姐は笑った。

「だったらおやすみ。ゆっくり休んで。もしも明日起きて旅が辛《つら》いようだったら、しばらくここにいていいんだからね」

陽子は頷く代わりに深く深く頭を下げた。

3

こちらの寝台《しんだい》は畳《たたみ》の上に薄《うす》い布団《ふとん》を敷《し》いているような感触《かんしょく》がした。一度寝入《ねい》った陽子は深夜に目を覚ました。

部屋の向かい側にある寝台を見ると、気のいい女は深く眠《ねむ》っている。寝台の上に起き上がって膝《ひざ》を抱《だ》くと清潔な肌《はだ》に清潔な寝間着がさらさらと音を立てた。

音のない深夜、窓の板戸を閉め切った部屋は暗い。重い屋根と厚い壁《かべ》に守られて、小さな動物の立てる物音が眠りを妨《さまた》げることもない。空気までが穏《おだ》やかに淀《よど》んで、人の眠る場所だという気がしみじみした。

陽子は寝台を降りてダイニングに向かう。棚《たな》の中に収めた剣《けん》を取り出した。深夜は起きておくのが短い間についた習慣で、すでに柄《つか》を握《にぎ》っていないと何とはなしに不安を感じた。椅子《いす》に腰《こし》を降ろし、達姐《たつき》に貰《もら》った新しい布を巻いた剣を腕《うで》に抱きしめて、そっと息をつく。

達姐の母親が宿屋を営んでいる河西という街まで、歩いて三日の距離《きょり》だと聞いた。そこへ着けば陽子はこの世界に居場所を得ることができる。

働いた経験はないが、不安よりも期待が大きかった。達姐の母親はどういう人物だろうか。そこで働く同僚《どうりょう》はどんな人たちなのだろうか。

建物の中で眠って朝には起きて、一日を働いて夜には眠る。働き始めれば仕事のことよりほかに考えられなくなるだろう。ひょっとしたらあちらの世界の家に帰ることも、ケイキを捜《さが》すこともできないかもしれなかったが、それでも構わないという気が、いまはしていた。

やっと足場を見つけて陽子はうっとりと眼を閉じる。

額を当てた布の下で高く澄《す》んだ音がしたのはそのときだった。

陽子は慌《あわ》てて剣を見る。巻きつけた布の下で淡《あわ》い光が点《とも》っているのが目に入った。恐《おそ》る恐《おそ》る布を解《ほど》くと、刀身がいつかの夜のように淡く輝《かがや》いている。その刃《は》に薄く小さな影《かげ》が見えた。

ぼやけた眼の焦点《しょうてん》が合うようにして、影が実像を結んだ。まるで映画でも見るように陽子の目の前に現れたのは、陽子自身の部屋だった。手を伸《の》ばせば触《さわ》ることができそうなほどリアルだけれど、決して現実ではない。げんに洞窟《どうくつ》に反響《はんきょう》するような水の音が絶え間なく続いている。

刀身に見えたのは、例によって母親の姿だった。陽子の部屋の中をうろうろとさまよっている。

母親は部屋の中を歩き廻《まわ》り、抽斗《ひきだし》を開け、棚を弄《いじ》る。何かを探すようにそれを続ける。何度目かに整理ダンスの抽斗を開いたとき、部屋のドアが開いて父親が現れた。

「おい。風呂《ふろ》」

父親の声がはっきり聞こえた。

母親はチラと視線を向けて、そのまま抽斗を検《あらた》める。

「……どうぞ。お湯なら入ってます」

「着替《きが》えは」

「そのくらい、出してください」

母親の声には棘《とげ》が含《ふく》まれている。それに対する父親の声にも棘が露《あら》わだった。

「こんなところでグダグダしていても、仕方がないだろう」

「グダグダしてるわけじゃないわ。用があるの。着替えくらい、自分で出してください」

父親は低い声で言う。

「陽子は出ていったんだ。こんなところでいじましく坐り込んでいたって、帰ってくるわけじゃない」

(出ていった？)

「出ていったんじゃないわ」

「家出したんだ。学校に妙な男が迎《むか》えに来ていたそうじゃないか。ほかにも外に仲間がいて、窓ガラスを割ったんだろう。陽子は隠《かく》れて妙な連中と付き合っていたんじゃないのか」

「そんな子じゃありません」

「お前が気がつかなかっただけだろう。陽子の髪《かみ》だって、実は染めてたんじゃないのか」

「違《ちが》います」

「子供が不良の仲間に入って、あげくに家を出ていくなんてことは、掃《は》いて捨てるほどあることだ。そのうち家出に飽《あ》きたら帰ってくる」

「あの子はそんな子じゃないわ。わたしはそんな育て方はしてません」

睨《にら》む母親を父親も睨み返した。

「どこの親もそう言うんだ。学校に押《お》し入った男も髪を染めてたらしいし、おおかたそういう連中と付き合ってたんだろう。あの子はそういう子だったんだ」

（お父さん、違う……！）

「酷《ひど》いことを言わないで！」

母親の言葉には恨《うら》みが籠《こ》もる。

「あなたに何が分かるの。仕事、仕事って、子供のことは全部わたしに押しつけて！」

「それでも分かる。父親だからな」

「父親？　誰が？」

「律子《りつこ》」

「会社に行ってお金を持って帰ってくれば父親なの？　娘《むすめ》が姿を消しても、会社も休まなきゃ何をするでもない。そういう人が父親なの!?　そういう子だった、ですって？　陽子のことを知りもしないで勝手なことを言わないで!!」

父親は怒《おこ》るよりも先に驚《おどろ》いていた。

「少し落ち着け、莫迦者」

「わたしは落ち着いてます。いままでにないくらい落ち着いてるわ。陽子が大変なときなんですもの、わたしがしっかりしなくてどうするんですか」

「お前にはお前の役目があるだろう。落ち着いてるんだったら、やることをやってから心配をしろ」

「……着替えを出すのが役目なの？　子供の心配をするよりも優先しなきゃいけない、たいそうな役目なの!?　あなたって人は、本当に自分のことしか考えてないのね！」

怒気《どき》で顔を真っ赤にして黙《だま》り込んだ父親を、母親は見据《みす》える。

「そんな子だった、ですって？　あの子はずっと、いい子だったでしょう。あなたの押しつけがましい命令にだって、反抗《はんこう》したこともない。穏和《おとな》しい素直《すなお》な子だわ。心配をかけたことなんて、一度だってない。わたしには何でも話してくれた。家出なんかする子じゃないわ。あの子は家に不満なんてなかったんですからね」

父親はそっぽを向いて黙っている。

「陽子は学校に鞄《かばん》を残したままなのよ？　コートだって残ってた。それでどうして家出なの！　何かあったのよ。そうとしか考えられないでしょう」

「だったらどうした」

母親は眼を見開く。

「どうした、ですって？」

父親は苦々しげに答える。

「何か事件に巻きこまれたとして、それでお前が何をしようというんだ。警察にだってちゃんと届けたろう。私たちがここで右往左往して、それで陽子が帰って来るのか」

「何なの、その言いぐさは！」

「事実だろうが！　それともビラでも電柱に貼《は》るのか。そんなことをして、陽子が帰って来るのか。——はっきり言ってやるが」

「やめて」

「家出じゃなくて、何かの事件に巻き込まれたのなら、陽子はもう生きてない」

「やめてください！」

「ニュースで見て分かってるだろう。こういう例で生きていた例《ためし》があるか！　だから家出だと言ってやってるんだろうが!!」

母親が泣き崩《くず》れた。父親はその姿を見やって乱暴な足どりで部屋を出ていく。

（お父さん、お母さん……）

見ていることがあまりに辛かった。

風景がぼやけて思わず眼を閉じ、頰《ほお》に涙《なみだ》が零《こぼ》れたのを感じて眼を開けると、視界は澄んで、すでに幻《まぼろし》は見えなかった。

目の前には一振《ひとふ》りの剣。光を失った剣を陽子は力なく下ろした。

涙が止まらなかった。

4

「……あたし、死んでない」

死んだほうが、ましかもしれない状況《じょうきょう》だが、それでもとりあえず生きてはいる。

「家出なんか、してない……」

どんなに家に帰りたいか。どれほど両親と家が懐《なつ》かしいか。

「お母さんがお父さんに口答えするの、初めて見たなあ……」

陽子はテーブルに額を当てて眼《め》を閉じる。次から次へ涙が零れた。

「……莫迦《ばか》みたい……」

いま見たものが何だか分かりもしないのに。真実だとは限らないのに。

陽子は身を起こし、涙を拭《ぬぐ》って剣に布を巻く。これはどうやら剣の見せる幻影《げんえい》らしい。真偽《しんぎ》のほどは分からない。それなのに、真実に違いないという直感が働いた。

切なくて切なくて、立ち上がった。裏口を開けて夜の中にさまよい出る。

空は満天の星、しかしながら陽子の知っている星座は見えなかった。もともと星座を鑑賞《かんしょう》する趣味《しゅみ》はない。ひょっとしたら陽子には分からないだけなのかもしれなかった。

井戸端《いどばた》に坐り込んだ。冷えた石の感触と冷たい夜風が少しだけ気分を慰《なぐさ》めた。膝を抱いて蹲《うずくま》っていると、ふいに背後から声がした。耳に刺《さ》さるような嫌《いや》な声だった。

「帰れないよォ」

ゆっくり背後を振り返る。しっかりした石で作られた井戸の縁《ふち》に、蒼《あお》い猿《さる》の首が見えた。まるで切断されて石の上に据えてあるように、身体《からだ》のない首だけが石の上で笑っている。

「まだ諦《あきら》めてなかったのかい。お前は帰れないんだよォ。帰りたいだろ？　母親に会いたいだろ？　いくら願っても帰れやしない」

陽子は手《て》探《さぐ》りをしたが、剣を持っていなかった。

「だから言ってるのによォ。自分の首を刎《は》ねちまえよ。そうしたら楽になるからサァ。恋《こい》しいのも切ないのも、全部終わりになるんだぜ」

「あたしは諦めない。いつか帰る。それがずっと先のことでも」

きゃらきゃらと猿は笑った。

「好きにするサァ。——ついでに教えてやるけどな」

「聞きたくない」

陽子は立ち上がった。

「いいのかい、聞かないで？　あの女はナァ」

「達姐《たっき》さん……？」

振り返った陽子に向かって猿は歯を剝《む》いた。

「あの女は信用しないほうがいい」

「……なに、それ」

「お前が期待してるほど、善人じゃないってことサァ。よかったなぁ、飯の中に毒が入ってなくてナァ」

「いい加減にして」

「お前を殺して身ぐるみ剝《は》ごうって魂胆《こんたん》か、お前を生かして売り飛ばそうって魂胆か、どっちにしたってそんなもんサァ。それをありがたがっているんだからナァ。甘《あま》い、甘い」

「ふざけたことを」

「俺《おれ》は親切で言ってんだぜェ？　まだ分からないのかい。ここにはお前の味方なんていやしないのさァ。お前が死んでも気にしない。むしろ生きてちゃ迷惑《めいわく》だからな」

陽子は猿を睨み据える。猿はそれに対してきゃらきゃらと笑って応《こた》えた。

「だから言ってるのに。痛いのだったら、一瞬《いっしゅん》で済んだのにサァ」

大笑いしてから、猿は凄《すご》みのある顔をする。

「悪いことは言わないから、斬《き》っちまいな」

「なに……」

「あの女を斬って、有り金持って逃《に》げるのサァ。往生際《おうじょうぎわ》悪く生きる気があるんだったら、そうしたほうが身のためだぜ」

「いい加減にしろ！」

きゃらきゃらと狂《くる》ったように笑って、猿は掻《か》き消すように消えた。いつかの夜のように耳に刺さる笑い声だけが遠ざかってゆく。

陽子はその方角をただ、睨み据えていた。何の恨みがあっての中傷だろう。

――信じない。

あんな化物の言うことなど決して信じたりしない。


翌朝、陽子は身体を揺《ゆ》すられて目を覚ました。

眼を開けるとそこは粗末《そまつ》な部屋の中で、大柄《おおがら》な女が困ったように陽子を覗《のぞ》き込《こ》んでいる。

「目が覚めたかい？　疲《つか》れてるようだけど、とにかく起きて御飯をお食べ」

「……済みません」

陽子は慌《あわ》てて身を起こす。達姐の表情を見れば、自分がかなりの間眠《ねむ》りこけていたのが分かる。

「謝《あやま》ることはないさ。どうだい？　出掛《でか》けられそうかい？　それとも明日にしようかね」

「大丈夫です」

起き上がってそう答えると、達姐は笑う。それから自分の寝台《しんだい》を指差した。

「着るものはそこだよ。着方は分かるかい？」

「たぶん……」

「分からなかったらお呼びね」

言って達姐は隣《となり》の部屋に消える。陽子は寝台を降りて、彼女《かのじょ》が揃《そろ》えてくれた着物を手に取った。

紐《ひも》で括《くく》りつける踝丈《くるぶしたけ》のスカートと、短い着物のようなブラウス、同じく短い上着で一揃いだった。初めて身に着ける衣服は落ち着かない気分にさせる。何度も首を捻《ひね》りながらそれを身に着けて隣の部屋に行くと、テーブルの上に朝食が並んでいた。

「おや。よくお似合いだ」

達姐はスープの入った大きな器《うつわ》を置きながら笑う。

「少し地味かね。若いころの着物があれば良かったんだけどね」

「……とんでもない。ありがとうございます」

「あたしにはちょっと派手なのさ。どうせそろそろ人にあげようと思ってた。——さ、御飯にしよう。うんと食べておきなよ。これからずいぶん歩かなきゃならないんだからね」

「はい」

陽子は頷《うなず》いて頭を下げ、テーブルに着いた。箸《はし》を手に取るとき、一瞬だけ昨夜の猿が言った言葉を思い出したが、現実味を感じなかった。

――良い人だ。

匿《かくま》ったことが分かれば、それなりの咎《とが》めもあるだろうに、本当に良くしてくれる。疑っては罰《ばち》が当たるというものだろう。

5

昼過ぎには達姐《たつき》の家を出た。

そこから河西《かさい》までの道のりは驚《おどろ》くほど楽しい旅になった。最初のころは人に会うたびにビクビクしたが、達姐に言われ、草の根で髪《かみ》を染めたせいもあってか、誰《だれ》一人陽子の素性《すじよう》を怪《あや》しまないことに慣れてからは、あちこちで人に会うことさえ楽しみになった。

国は古い中国のような佇《たたず》まいをしていたが、そこに住む人の中にはいろんなタイプの人間がいた。顔立ちこそ誰もが東洋人に見えたが、髪や眼や肌《はだ》の色は様々だった。肌の色は白人のような白から黒人のような黒まであったし、眼の色も黒から水色まで様々、髪の色に至っては本当に千差万別だった。中には紫《むらさき》がかった赤毛や青みがかった白髪《はくはつ》まであって、もっと変わった場合には染め分けたように一部の色だけ違《ちが》っていたりした。

最初は奇妙《きみよう》に感じたが、すぐに慣れた。慣れてみれば、変化があって面白い。ただ、ケイキのような純然たる金髪というのは見かけなかった。

服装は古い中国風、男は上着と丈の短いズボン、女は長いスカートが基本のようだった。ときどき、東洋風であることだけは確実だが、どこの国のどの時代風ともいえない服装をした旅人のグループがいたりしたが、それは旅芸人なのだと達姐が教えてくれた。

陽子はただ歩くだけでよかった。道は達姐が示してくれ、食事の調達から宿の手配まですべて彼女がやってくれた。むろん陽子には所持金がないので、全部達姐の支払《しはら》いである。

「……本当に済みません」

街道《かいどう》を歩きながら言うと、達姐は豪快《ごうかい》に笑う。

「あたしは、お節介《せっかい》なのさ。気にすることはない」

「何のお返しもできなくて」

「なあに。久しぶりでおっかさんに会える。あんたのおかげだ」

そう言ってくれる心根が嬉《うれ》しかった。

「達姐さんは、五曾《ごそ》へお嫁《よめ》に行ったんですか？」

「いいや。あそこに振《ふ》り分けられたのさ」

「振り分け？」

　達姐は頷く。

「成人になったら、お上から田圃《たんぼ》を貰《もら》って独り立ちするんだよ。あたしが貰った田圃はあそこだった、ってことだね」

「成人になったら、誰もが貰うんですか？」

「そうさ。誰でもね。——亭主《ていしゅ》は隣に住んでる爺《じじい》だ。もっとも子供が死んでから別れたけどね」

　陽子は笑った達姐の顔を見返す。そういえば、死んだ子供がいると、この女は言っていた。

「……済みません」

「気にすることはない。あたしの性分が悪かったんだろうさ。せっかく授《さず》かった子供を死なせたんだからね」

「そんな」

「子供は天から授かるもんだ。天がそれを取り返したってことは、あたしにゃ任せておけないってことだからね。まあ、人間ができてなかったんだから仕方ない。子供が可哀《かわい》想《そう》だったけどね」

陽子は対応に困って曖昧《あいまい》に微笑《わら》う。達姐は少しだけ寂《さび》しそうにしてみせた。

「あんたのおっかさんも、いまごろ切ない思いをしてるだろう。早く帰ってやれるといいねえ」

陽子は頷く。

「……はい。でも、戻《もど》れるんでしょうか。配浪《はいろう》の長老さんは、戻れないって」

「来られたもんなら帰れるさ。きっとね」

陽子は瞬《まばた》く。屈託《くったく》のない笑《え》顔《がお》が心底嬉しかった。

「……そうですね」

「そうさ。──ああ、こっちだよ」

三叉路《さんさろ》で達姐は左を示す。街道の角には必ず小さな石碑《せきひ》が立っていて、行く先と距離《きより》を刻んであった。距離の単位には「里《り》」を使うらしい。その石碑には「成《せい》 五里」と刻んである。

日本史の教科書で習った知識によれば一里は四キロのはずだが、こちらの一里はもっとずっと短い。せいぜい数百メートルといったところだろう。五里ならば、あまり遠くない。

風景は決して豊かなようには見えなかったが、長閑《のどか》で美しかった。土地は起《き》伏《ふく》が多く、山は概《がい》して険しく高い。遠くに薄《うす》く見える山の中には雲を衝《つ》くほど高い山もあったが、雪を被《かぶ》っている様子はなかった。空はなんだかとても低く見えた。

　こちらは東京よりも一足早く春を迎《むか》えたところのようだった。畦《あぜ》には花がちらほらと咲《さ》いている。陽子が知っている花もあれば知らない花もあった。

　その田園風景のところどころに、小さな家が身を寄せ合うように建っている集落がある。それを「村《むら》」というのだと、達姐が教えてくれた。田圃で働く者が住む家なのだと。しばらく歩けば、周囲を高い壁《かべ》に囲まれた少し大きな集落に出会う。それは「里《さと》」といって、近辺の人々が冬の間、住む街らしい。

「冬とほかの季節とでは、住む場所が違うんですね」

「冬は田圃にいても仕方ないからね。冬にも村で暮らす変わり者もいるが、里に戻ったほうが人がいて楽しい。それに里のほうが安全だしね」

「厚い壁がありますもんね。やっぱり妖魔《ようま》に備えてあるんですか？」

「妖魔ってのはそう簡単に里を襲《おそ》ったりしない。むしろ内乱や獣《けもの》に備えているのさ」

「獣？」

「狼《おおかみ》や、熊《くま》や。このあたりにはいないけど、虎《とら》や豹《ひょう》だっているところにはいる。冬になると山に獲物《えもの》がなくなるんで、人里に降りてくるからね」

「冬の間、住む家はどうするんですか？　借りるの？」

「それも成人になるとお上がくれる。たいがい売っ払っちまうけどね。村に行ってる間、商人に貸す連中もいるけどさ。売って冬には家を借りる、そのほうが普通《ふつう》だね」

「へえ……」

街はすべて高い城壁《じょうへき》に守られていた。街の入り口は一つだけで、そこには堅牢《けんろう》な門がある。門には衛士《えいし》がいて出入りする旅人を監視《かんし》していた。

いつもは衛士はただ門を守っているだけだと、達姐は言う。旅人のうち、特に赤毛の若い女が呼び止められていたから、配浪から逃げた海客《かいきゃく》に対する警戒《けいかい》なのだろう。

門を入った中には家が密集し、縦横に走った道には店が並んでいる。街には浮浪者《ふろうしゃ》が多かった。街の内壁の下にはテントのような家を構えて生活をしている人々がいた。

「必ず土地を貰うのに、どうしてなんですか？」

陽子が壁の下を示すと、達姐は少し眉《まゆ》を顰《ひそ》める。

「あれは慶《けい》国から逃げてきた連中さ。可哀想にね」

「逃げてきた？」

「慶国はいま、国が乱れていてね。妖魔や戦争から逃げてきた連中があして集まっているのさ。暖かくなってきたから、これからもっと増えるだろうよ」

「こちらにも内乱があるんですね」

「あるともさ。慶国だけじゃない。北のほうの戴国《たいこく》だってそうだ。戴国のほうはもっと酷《ひど》いって話だよ」

　陽子はただ頷いた。こちらに比べれば日本は平和な国だったと思う。ここには戦乱があり、しかも治安は格段に悪い。荷物は片時も離《はな》せなかった。ガラの悪い男が声をかけてくることは再三だったし、さらにガラの悪い危険そうな連中に囲まれたこともあった。そのたびに達姐が豪快な啖呵《たんか》を切って陽子を守ってくれた。

　そのせいか、人は決して夜の旅をしない。街の門は夜には閉まる。したがって陽《ひ》が落ちるまでには必ず次の街に辿《たど》り着いていなければならなかった。

「一つの国から次の国に行くまでに、だいたい四カ月近くかかるんですよね？」

「そうだよ」

「歩く以外に旅行をする方法はないんですか？」

「馬や馬車を使うこともあるけどね。そういうのは金持ちのすることだ。あたしぐらいじゃ一生無理かねえ」

　こちらは陽子の知る世界に比べてあまりに貧しい。自動車はもちろん、ガスもなければ電気もない。水道もなかった。それがどうやら、単に文明が遅《おく》れているということのせいだけではなく、こちらには石油や石炭が存在しないことが大きな原因のようだと、話をするうちに推測がついた。

「なのにどうして、よその国のことが分かるんですか？　達姐さんは慶国や戴国に行ったことがあるの？」

　まさか、と達姐は笑った。

「巧《こう》国から出たことはないよ。農民はあまり長旅をしないからね。田圃があるからさ。よその国のことは芸人に聞くんだ」

「芸人？　旅芸人に？」

「そう。芸人の中にはね、世界中を廻《まわ》ってる連中がいる。出し物の中に小説《しょうせつ》ってのがあってね、それはどこそこでこんなことがありました、ってのを聞かせてくれる。いろんな国の話や、よその街の話なんかをね」

「へぇえ……」

　陽子の住んでいた世界でも、ずっと昔には映画館でニュースをやっていたというし、そんなものなのかしら、と陽子は思う。

　何にしても、疑問に答えてくれる人がいるのは嬉しかった。陽子にはこの世界のことが何一つ分からない。分からないままなら不安で怖《こわ》いが、横に親切な人がいて、一つずつ解説してくれれば面白《おもしろ》かった。

　達姐に守られてする旅は何の造作《ぞうさ》もなく、あれほど辛《つら》いばかりに思われた世界はもの珍《めず》しく興味深い世界に変容した。

夜毎《よごと》に奇妙な幻《まぼろし》が訪《おとず》れ、家が懐《なつ》かしくて落ち込《こ》んだし、あの蒼《あお》い猿《さる》も訪れては陽子を不安にさせたが、切ない気分は長続きしなかった。

朝起きて里を出れば珍しいものばかりだったし、達姐はこれ以上ないほど親切にしてくれた。珠《たま》の力を借りれば歩き続けることに苦労はない。夜にはちゃんと食事ができ、ちゃんとした宿で眠《ねむ》れると分かっていればなおさらだった。

故国を離れたことは辛いが、少なくともいまは親切な保護者がそばにいてくれる。出会わせてくれた好運に感謝せずにおれなかった。

6

三日の旅はすぐに終わって、陽子を少しもの足りない気分にさせた。三日目に辿り着いた河西《かさい》の街は、川の畔《ほとり》に大きなビルのような姿で現れた。こちらに来てから初めて見る、都市らしい街だった。

「へえ……。大きい」

門を潜《くぐ》りながら周囲を見渡《みわた》す陽子に達姐《たつき》は笑う。

「このあたりで河西以上に大きい街となると、郷庁《ごう》のある拓丘《たつきゅう》ぐらいしかないね」

郷とは県の一段階広い区分らしい。それがどの程度の規模のものなのかは、よく分からない。達姐もあまりよくは知らないようだった。役所といえば里の里庁、ちょっと大事《おおごと》で県庁、それで用が足りるらしい。

門を入った目抜《めぬ》き通りには、大小の店が軒《のき》を連ねている。これまで通過してきた里とは違《ちが》って店の構えも豪華《ごうか》で大きく、その光景は中華街を思わせた。大きな建物の窓にはガラスが入っているのがひどく印象に強い。夕刻にはまだかなり早く、通りに人の姿は少なかったが、旅人が駆《か》け込む時間帯になれば人でごった返すのだろうと想像がついた。

この活気のある都市で生活することになるのだと思うと、少しだけ気分が良かった。どこかで落ち着けるのなら里でも不満はないが、賑《にぎ》やかな街ならなお良いことは言うまでもない。

達姐は目抜きの通りを折れて、一廻り小規模な店の立ち並ぶ一郭《いっかく》に足を向けた。どことなくうらぶれた風情《ふぜい》はあったが、やはり賑やかなことに変わりはない。軒を連ねた店のうち、達姐は比較《ひかく》的立派な建物に入っていった。

建物は緑の柱が鮮《あざ》やかな三階建ての建物だった。大きな戸口を入った一階は広い食堂になっている。華《はな》やかな店構えを見廻す陽子をよそに、達姐は対応に出た従業員らしき男を捉《つか》まえた。

「女将《おかみ》さんを呼んでくれるかい。娘《むすめ》の達姐が来たと言ってくれりゃ、分かる」

男は満面に笑みを浮《う》かべて、奥《おく》へ消える。達姐はそれを見送って陽子を手近のテーブルに坐《すわ》らせた。

「ここに坐っておいで。何か貰おうね。ここのものは結構、おいしいよ」

「……いいんですか？」

これまで入ったどんな宿よりも食堂よりも、この店は大きい。

「構うもんか、おっかさんの奢《おご》りだ。何でも好きなものをおあがりよ」

そうは言われても、陽子にはまだ献立《こんだて》がよく分からない。それを察《さが》したように達姐は笑い、店員を呼んで二、三の品を注文する。店員が頭を下げて退ったところで、店の奥から老婆《ろうば》といっていい年頃《としごろ》の女が現れた。

「おっかさん」

達姐は立ち上がって笑みを浮かべる。老婆がそれに嬉《うれ》しげな笑顔で応《こた》えた。陽子はそれを見守って、気の好《よ》さそうな人だと安堵《あんど》する。彼女《かのじょ》が主人ならそんなに辛い仕事ではないだろう。

「陽子はここで待っておくれね。あたしはおっかさんと話をしてくる」

「はい」

陽子が頷《うなず》くと達姐は笑って母親のもとに駆け寄る。二人は背中を叩《たた》きあって笑いあい、そうして店の奥に消えていった。陽子はそれをなんとなく微笑《ほほえ》んで見送り、達姐が置いていった荷物を手近に引き寄せて店の中を見渡した。

どうやらいま店の中には女の店員はいないようだった。テーブルの間を飛び廻っている店員は全部が男で、客もまた男が多い。そのうちの何人かが窺《うかが》うように陽子のほうを見ているのに気がついて、なんとなく陽子は落ち着かない気分になった。

少しして入ってきた男の四人連れは、陽子の近くのテーブルに陣取《じんど》って露骨《ろこつ》に野卑《やひ》な視線を向ける。何ごとかを囁《ささや》きあっては笑うのが、どうにも居心地《いごこち》が悪かった。

店の奥に視線を向けても、達姐が戻《もど》ってくる気配はない。しばらくはじっと堪《た》えていたが、四人組のうちの一人が席を立って陽子のほうに歩いてきたのを認めて我慢《がまん》がならずに立ち上がった。

声をかけてこようとした男を無視して陽子は店員を捉まえる。

「あの……達姐さんはどこに行ったんでしょうか」

店員はただ素っ気なく奥を示した。行ってみてもいいということだろうかと考えて、陽子は荷物を抱《かか》えて奥に向かう。止める者は誰《だれ》もいなかった。

奥の細い廊《ろう》下《か》を辿っていくと、いかにも店の舞《ぶ》台裏《たいうら》らしい雑然とした一郭に出た。何とはなしに後ろめたくてそっと奥へと歩いていくと、綺《き》麗《れい》な彫《ほ》り物をしたドアが開いていて、中を隠《かく》すように据《す》えられた衝立《ついたて》の向こうから達姐の声が聞こえた。

「そう、おどおどおしでないよ」

「だってお前、手配されてるあの海客なんだろう」

陽子は足を止める。老婆はどうやら、渋《しぶ》っているような声音だった。急に不安が首を擡《もた》げた。やはり海客では雇《やと》ってもらえないのだろうか。

お願いします、と頭を下げに行きたい気がしたが、それは出過ぎた真似《まね》というものだろう。かといって店に戻るのは心細くてできない。

「海客が何だい。ちょいとこちらに迷い込んだだけじゃないか。悪いことが起こるだの、そんな迷信《めいしん》をおっかさんも信じてるのかい」

「……そういうわけじゃないが、役人に知れたら」

「黙《だま》っていれば分かりゃしないさ。あの子だって、自分から言いやしないよ。そう考えりゃ滅多《めった》にない掘《ほ》り出しものだろう？　器量だっていいし、歳《とし》だって手頃なんだからさ」

「けどねえ」

「育ちだって悪くないようだ。ちょっと客の扱《あつか》いを教えれば、すぐにも店に出せる。それをこれだけで譲《ゆず》ろうってんだ。どうして迷うのさ」

陽子は首をかしげた。達姐の口調は何かが可怪《おか》しい。立ち聞きはいけないことだと思いながらも耳を澄《す》ますことをやめられなかった。耳に密《ひそ》かな音が聞こえ始める。潮騒《しおさい》に似た、微《かす》かな音。

「だって海客じゃ……」

「後腐《あとくさ》れがなくていいじゃないか。親や兄弟が怒鳴《どな》り込んでくることもない。最初からいない人間と同じなんだから、いろいろと面倒《めんどう》も減るだろう？」

「……それで、あの子は本当にここで働く気があるのかえ」

「あるって本人が言ったんだ。あたしはちゃんと宿だって言った。下働きか何かだと勘《かん》違《ちが》いしてるなら、そりゃあの子が莫迦《ばか》なのさ」

陽子はただ声に聞き入る。何かがひどく可怪しい。「あの子」とは陽子のことだろう。なのにこれまで陽子を呼ぶときに込められていた温かみが、かけらも感じられなかった。どうしたというのだろう。声の主は達姐ではないかのようだ。

「でも」

「緑の柱は女郎宿《じょろうやど》だと決まってる。それを知らないほうが悪い。——さ、分別をつけて代金をお寄越《よこ》し」

陽子は眼《め》を見開く。ただ荷物を抱《だ》きしめて衝撃《しょうげき》をやり過ごした。

あの猿は何と言った。どうして自分はあの忠告にもっと真剣《しんけん》に耳を貸さなかったのだろう。

衝撃でか怒《いか》りでか、鼓動《こどう》が振《ふ》り切れるほど速い。押《お》し殺した息が熱く喉《のど》を焦《こ》がして、耳を聾《ろう》するほど荒々《あらあら》しい海鳴りの音がする。

そういうことだったのか、と右手に持った布を巻いた包みを握《にぎ》りしめた。

一瞬《いっしゅん》のあとには力を緩《ゆる》めて、代わりにそっと踵《きびす》を返す。細い廊下を逆に辿り、何でもない顔を装《よそお》って店を横切り、外に向かった。

足早に戸口を出てもう一度見上げた店は、柱や梁《はり》や、窓枠《まどわく》までが緑の塗装《とそう》を施《ほどこ》されている。その毒々しい様式に、やっとのことで陽子は気づいた。腕《うで》には達姐の荷物を抱えたままだったが、返しに戻る気にはもちろんなれなかった。

計ったように、そのとき二階の窓が開いた。バルコニー風になった窓の、飾《かざ》りを施した手摺《てす》りに女が凭《もた》れて外を眺《なが》める。艶《あで》やかな色の着物は、しどけないほど大きく衿《えり》が開かれて、その女の身上が明らかだった。

陽子は一つ震《ふる》えた。どっと嫌悪《けんお》が浮かんだ。見上げる視線に気づいたように陽子を見降ろした女は、小莫迦にしたような笑《え》みを浮かべて窓を閉めた。

7

「嬢《じょう》ちゃん」

声をかけられて陽子は、慌《あわ》てて視線を建物の二階から外《はず》した。自分の間近に立っているのは、店で見掛《みか》けたあの四人組の中の一人だった。

「お前、ここの者か？」

「違います」

無意識のうちに吐《は》き捨てる口調になった。一言答えて踵を返した陽子の腕を男が摑《つか》む。体を入れ替《か》えて前に立《た》ち塞《ふさ》がるようにした。

「違うって、お前。女がこんなところに飯を食いにくるもんかい」

「連れがこの店の人と知り合いなんです」

「その連れはどうした。お前、売られてきたんじゃねぇのか」

男の手が顎先《あごさき》に掛かって、陽子はとっさに叩き落とした。

「違う。触《さわ》らないで」

「気が強いなあ」

男は笑って、摑んだ腕を引き寄せる。

「なあ、俺《おれ》とどっかに飲みに行かねえか？」

「嫌《いや》です。手を離《はな》して」

「本当は売られてきたんだろう？　逃《に》げようってのを見逃《みのが》してやってもいいって言ってんだ。え？」

「あたしは」

陽子は男の腕を渾身《こんしん》の力で叩き落とした。

「こんなところで働いたりしない。売られてきたわけじゃない」

言い捨ててその場を去ろうとする陽子の肩《かた》を、改めて男が摑む。それを身を捩《よじ》って逃げて、さらに捉《つか》まえられるより先に剣の柄《つか》を握りしめた。

人は身内に海を抱いている。それがいま、激しい勢いで逆巻いているのが分かる。表皮を突《つ》き破って、目の前の男にそれを叩きつけたい衝動。

「触らないで」

腕を振ると巻いた布が解《ほど》ける。男がぎょっとしたように身を引いた。

「おい……」

「怪我《けが》をしたくなかったら、そこをどいて」

男は陽子と剣とを見比べる。すぐに引《ひ》き攣《つ》った笑いを浮かべた。

「そんなもん、お前に使えるのか？」

陽子は無言で剣を上げる。迷わず切っ先を男の喉許《のどもと》に突きつけた。

これが爪《つめ》だ。陽子に与《あた》えられた鋭利《えいり》な凶器《きょうき》。

「どいて。さっさと店に戻れば。お友達《ともだち》が待ってるんじゃない」

すぐ近くで誰かが叫《さけ》ぶ声がしたが、陽子はそちらを見る気になれなかった。往来の真ん中で剣を上げれば騒《さわ》ぎになるだろうと思ったが、いまは気後《きおく》れを感じない。

男は何度も陽子と切っ先を見比べてから、じりじりと退る。身を翻《ひるがえ》して店の中に駆《か》け込《こ》もうとしたところで、甲高《かんだか》い声が響《ひび》いた。

「その子！ その子を捕《つか》まえとくれ！」

視線を向けると戸口から叫んでいる達姐《たっき》の姿が見えた。陽子の中で苦いものが広がった。それは夢の中で見た、海に赤いものが広がっていくさまにひどくよく似ていた。

「足抜《あしぬ》けだ！ 捕まえとくれ!!」

吐き気のように嫌悪が込み上げた。それは善人の顔で陽子を騙《だま》した達姐に向けたものかもしれなかったし、あるいはうかうかと騙された自分に対するものかもしれなかった。

店の中から周囲から、人が集まる。陽子は迷わず剣を構えた。手の中で柄を転がし、幅広《はばひろ》い刀身を向ける。これで人を殺さずに済むかどうか、それはもうジョウユウ次第《しだい》だった。少なくとも陽子はいま、捕まるくらいなら人殺しも辞さないくらい荒《すさ》んだ気分になっている。

――この世界には陽子の味方などいないのだ。

助けだと思った。彼女に感謝し、巡《めぐ》り会えた好運に感謝した。それが心からの思いだったから、吐き気がするほど忌々《いまいま》しい。

突進《とっしん》してきた男たちを認めて、ぞろりとした感触《かんしょく》が手足を這《は》う。ごく自然に身体《からだ》が動いて前を遮《さえぎ》るものを排除《はいじょ》にかかった。

「捕まえとくれ！ 大損だ!!」

ヒステリックな達姐の声に、女を振り返る。騙した者と騙された者の視線が合った。何かを叫びかけた達姐はふいに黙る。怖《お》じけたように二、三歩、退った。

それを冷えた目で見やって、突進してくる男に構える。一人、二人と体を躱《かわ》して、三人目を刀身で殴打《おうだ》した。

いつの間にか集まった人間で人垣《ひとがき》ができている。人垣の厚みを見て陽子は軽く舌打ちをした。この包囲を本当に殺さずに切り抜けられるのか。

「誰か！　礼は弾《はず》むよ、捕まえとくれ！」

達姐が地団駄《じだんだ》を踏《ふ》んだときだった。

人波の後ろから叫び声が聞こえた。全員がつられたように視線を向けると、あっという間に悲鳴混じりの喧噪《けんそう》が近づいてくる。

「どうした」

「足抜けだとよ」

「違う、あっちだ」

ざわ、と人垣が揺《ゆ》れた。

見《み》渡《わた》す路地の向こうに、人の波が押し寄せるのが見えた。悲鳴を上げながら、何かから逃げるように我先にと駆けてくる。

「――妖魔《ようま》」

ぴく、と陽子の手が反応した。

「妖魔が」

「バフク」

「逃げろ!!」

どっと人垣が崩《くず》れた。

逃げ惑《まど》う人の波の中、陽子も駆け出す。すぐに背後から悲鳴が響いて人を薙《な》ぎ倒《たお》しながら駆けてくる獣《けもの》が見えた。

巨大《きょだい》な虎《とら》だった。まるで人そのもののような顔を持っていたが、それはすでに赤い斑《まだら》に染まっていた。周囲の店に飛び込む人々を避《よ》けながら陽子は走る。

すぐに距離《きょり》を縮められて、仕方なくその場に踏み留《とど》まった。

妖魔の首が人面であることに戸惑いながらも柄を握り直して構える。突風のような速度で突進してくる巨虎《きょこ》を躱しざまに渾身の力で剣を払《はら》った。

音を立てて鮮血《せんけつ》が繁吹《しぶ》いたが、相手を斬《き》った一瞬に目を逸《そ》らさなければそれを避けることが可能なのを発見した。

ぼやけた縞《しま》の足を掻《か》き斬られて横倒しになった巨体を避け、陽子は駆け出す。なおも身を起こし、追い縋《すが》ってくる獣を剣と足とで躱しながら路地を駆け抜ける。

大通りに出たところには、事情を把握《はあく》しきれないで集まった人垣ができていた。

「どいてっ！」

叫ぶ陽子の声と、背後から駆けてくる獣の姿に、人垣が崩れる。そして。

「……なに!?」

その外《はず》れに陽子は金色の光を見つけた。

人垣の向こう、遠目で顔立ちは分からない。しげしげと見つめている余裕《よゆう》はなかったが、いまの陽子は金髪《きんぱつ》がこちらでは珍《めずら》しいことを知っている。

「ケイキ！」

思わずその姿を追いかけたが、我先に逃げる人々の流れが、あっという間に金色の光を呑《の》み込んでしまった。

「ケイキ!?」

ふいに陽《ひ》が翳《かげ》った。巨虎が陽子の頭上を跳《と》び越《こ》えたところだった。

妖魔は逃げる人波の上に降り立った。太い前肢《まえあし》の下で、踏み倒された人々が悲鳴を上げる。行く手を遮られ、陽子は身を翻す。

──ケイキ？　それとも。

考えている猶予《ゆうよ》はなかった。追ってきた獣にもう一太刀《ひとたち》を浴びせ、人々の混乱に乗じて河西《かさい》の街を抜け出した。

8

「だからオレが言ったろう」

夜の中、街道《かいどう》に立った石碑《せきひ》の上に蒼《あお》い猿《さる》の首がある。

河西《かさい》を出た陽子は、わずかに迷ってから街道を先に進んだ。

一人の旅に戻《もど》ったわけだが、陽子には結果として奪《うば》ったことになる達姐《たつき》の荷物がある。荷物には達姐の着替えと財布《さいふ》が入っていた。財布の中には宿も食事も最低のランクへ落とせば、しばらく旅ができそうなほどの金銭がある。それを使うことに良心の痛みは感じない。

「忠告してやったのにサァ。バカな娘《むすめ》だぜ」

陽子は猿を無視する。無言で歩いていくと、滑《すべ》るようにして蒼く燐光《りんこう》を放つ首が蹤《つ》いてきた。高笑いを続ける猿を陽子は視野に入れない。騙された自分を愚《おろ》かだと思うから、いまは猿の声を聞きたくなかった。

そして、猿の存在よりも気にかかるのは、河西で見た金髪の人物と街中に現れた妖魔のことだった。

——妖魔は人里には出ないのではなかったろうか。

少なくとも達姐はそう言っていた。それは珍しいことだと。

――妖魔は昼には出ないのではなかったろうか。

夕方、あるいは昼間。妖魔がその時間に現れたのは、河西の巨虎、馬車を襲《おそ》った犬のような妖魔、学校に現れた蠱雕《こちょう》、それだけだった。

――必ずそこにケイキがいるのはなぜ？

思ったところで猿の甲高い声が耳に刺《さ》さる。

「だからお前は、騙されたんだってばヨォ」

これを無視することはできなかった。

「違《ちが》う！」

「違わねぇサア。よぉく考えてみろよ。お前も可怪《おか》しいと思うだろう、エェ？」

陽子は唇《くちびる》を噛《か》んだ。ケイキを信じると決めた。信じなければ縋るものを失ってしまう。

なのに、どうしても迷いが生じる。

「お前は騙されたんだ。塡《は》められたんだよ。あいつにサァ」

「違う」

「そう言い張りたい気分は分かるけどよォ。違ってくれねえと困ったことになるからなァ」

猿はそう言って哄笑《こうしょう》する。

「ケイキは蠱雕から守ってくれた。ケイキは味方だ」

「そうかい？　こっちに来てからは、とんと助けてくれねえなァ？　あのときだけだった気がしねえかい？」

陽子は猿をまじまじと見る。まさか、あちらでのことをこの猿は知っているのだろうか。そんな口調なのが不思議だった。

「あのときって？」

「あちらでヨォ、蠱雕に襲われたときさ」

「どうして、あのときのことをあんたが知ってるの？」

猿は高笑いする。

「オレはお前のことなら、何でも知ってるのサァ。お前がケイキを疑ってるのも知ってる。それを否定しようとしてるのもな。信じたくねえよなァ。あいつに塡められたなんてヨォ」

陽子は視線を逸らせて暗い街道を見つめる。

「そんなんじゃ、ない」

「だったらどうして助けに来ないんだ？」

「何か事情があるんだ」

「どんな事情があるんだ？　お前を守ってくれるんじゃなかったのかい？　──よぉく

考えてみなよ。罠《わな》だよ、ナァ？　分かるだろう？」

「学校でのことはともかく、あとの二度ははっきり顔を見たわけじゃない。あれはケイキじゃないに決まってる」

「金の髪《かみ》がほかにいるのかい？」

——聞きたくない。

「ジョウユウも、ケイキだって認めたんじゃなかったのかい？」

なぜジョウユウを知っているのか。そう思って見つめる視線と、猿の嘲《あざけ》るような視線がぶつかった。

「オレは何でも知ってるんだ。そう言ったろう」

タイホ、という声が甦《よみがえ》って陽子は頭を振《ふ》った。たった一言に込められた驚愕《きょうがく》した調子が忘れられない。

「——違う。何かの間違いだ。ケイキは敵じゃない」

「そうかナァ？　本当にそうかナァ？　そうだといいなァ」

「喧《やかま》しい！」

叫《さけ》んだ陽子を天を仰《あお》いで笑って、猿は囁《ささや》く。

「ナァ、こう考えてみる気はねえかい？」

「聞きたくない」

「……ケイキが妖魔をお前に差し向けてるんだ」

陽子は立ち竦《すく》んだ。眼《め》を見開いて凝視する陽子を、猿は口許を歪《ゆが》めて眺《なが》める。

「……ありえない」

猿は爆笑《ばくしょう》した。狂《くる》ったようにきゃらきゃらと笑い続ける。

「ありえない！」

「どうだかなァ」

「そんなことをする、理由がないじゃない！」

「そうかい？」

猿は歪んだ笑いを浮《う》かべている。

「ケイキがどうして、そんなことをするわけ？　蠱雕《こちょう》から助けてくれたのはケイキなんだよ？　この剣《けん》をくれて、ジョウユウを憑《つ》けてくれた。おかげであたしは、生きていられる」

きゃらきゃらと猿はただ笑う。

「あたしを殺したいんなら、あのとき、放《ほう》っておけばよかったんじゃない」

「自分で襲わせておいて、それを助けて仲間になる。そういう手もあるけどナァ」

ぎり、と陽子は唇を噛んだ。

「それでも、ジョウユウがいる限り、そう簡単にやられたりしない。あたしを殺したいんなら、ジョウユウを呼び戻すなり、何かするはずだよ」

「殺すのが目的じゃねえのかもナァ」

「だったら、何が目的？」

「さてなァ。そんなことはそのうち分かるさ。これからも襲撃《しゅうげき》が続くんだからよォ」

陽子はその笑いを浮かべた顔をねめつけて、そうして足を速める。

「帰れねえよ」

声が追いかけてきた。

「お前、帰れねえよ。お前はここで死ぬんだ」

「嫌《いや》だ」

「嫌がることはねえだろう？　──痛みなら一瞬《いっしゅん》で済むんだぜ」

「煩《うるさ》い！」

陽子の叫びは夜の中に吸い込まれていった。

四章

1

蒼猿《あおざる》だけを道連れに、街道《かいどう》をあてもなくただ配浪《はいろう》から、河西《かさい》から遠ざかる旅を二日続けた。

どの街も門の警備が厳しくなっており、旅人の検《あらた》めも注意深くなっていた。ひょっとしたら、配浪から逃《に》げ出した海客《かいきゃく》が河西にいたことが、ばれてしまったのかもしれない。小さな街では出入りする旅人の数も少なくて、人混《ひとご》みに紛《まぎ》れて門を通るわけにもいかなかった。

仕方なく街道に沿って野営を続け、三日目に着いたのは、高く堅牢《けんろう》な城郭《じょうかく》に囲まれた河西よりもさらに大きな街だった。門に掛かった拓丘《たつきゅう》城という扁額《へんがく》で、そこが郷《ごう》庁のある街なのだと分かった。

拓丘では門前にまで店が溢《あふ》れ出していた。

どの街も城壁《じょうへき》のすぐ外は田圃《たんぼ》が広がるばかりだが、拓丘では門前と城壁の下にテントを広げた物売りが集まって城外市場を作っている。城壁を取り巻く道は売り手と買い手でごった返していた。

粗末《そまつ》なテントの中に、あらゆるものがあった。門前の雑踏《ざっとう》を歩きながら、陽子《ようこ》は着物を積み上げてあるテントを見つけ、ふと思いついて男物の古着を買った。

若い女の一人旅にはトラブルがつきまとう。ジョウユウの助けがあるので逃げ出すことは簡単だが、最初からトラブルに巻き込まれずに済むのなら、それに越したことはない。

陽子が買ったその服は、帆布《はんぷ》に似た厚い生地のもので、膝丈《ひざたけ》の袂《たもと》のない着物と短めのズボンの一揃《ひとそろ》い、それは農夫がよく着ている服だが、貧しい人々や慶《けい》国から逃《のが》れてきたという難民の中には女でも着ている者が多い。

いったん街を離《はな》れ、人目につかない物陰《ものかげ》で着替《きが》えた。たった半月ほどの間に身体《からだ》の丸みはものの見事に削《そ》げ落ちて、男物の着物でもそれほどの違和感《いわかん》がなかった。

脂肪《しぼう》の落ちた身体を目の当《ま》たり《あ》にして、陽子は複雑な気分になる。腕《うで》も足も過酷《かこく》な労働を強《し》いられるせいだろう、貧弱ながら筋肉の線が露《あら》わだった。家にいるころには体重計に神経を尖《とが》らせ、続きもしないダイエットに熱を入れていたのが滑稽《こっけい》な気がする。

唐突《とうとつ》に青い色が目に浮《う》かんだ。藍染《あいぞめ》の少し明るい紺《こん》。ジーンズの色だ。陽子はずっとジーンズが欲《ほ》しかった。

小学校のとき、遠足でフィールドアスレチックに行くことになった。行ったら男の子と女の子に分かれて競争をしようという話になった。スカートでは動けないので母親にねだって、ジーンズを買ってもらったのだが、それを見て父親が怒《おこ》った。

(お父さんは女の子がそういう恰好《かっこう》をするのが好きじゃない)

(だってみんな、穿《は》いてるんだよ)

(そういうのが好きでないんだ。女の子が男の子のような恰好をしたり、男みたいな言葉遣《づか》いをするのはみっともない。お父さんは嫌《きら》いだ)

(でも、競争があるの。スカートじゃ負けちゃうよ)

(女の子が男の子に勝たなくていいんだ)

でも、と言《い》い募《つの》りたかった陽子を母親が制した。母親は深く頭を下げたのだ。

(済みませんでした。——陽子もお父さんに謝《あやま》りなさい)

父親に言われて、店に返品に行った。

(返すの、いや)

(陽子、我慢《がまん》しなさい)

(どうしてお父さんに謝るの。あたし悪いことなんてしてない)

(お前も将来お嫁《よめ》に行ったら分かるわ。こうするのが一番いいの……)

思い出していた陽子はふと笑った。

いまの自分を見たら父親はさぞ嫌《いや》な顔をするだろう。男物の服で剣《けん》を振《ふ》り廻《まわ》して、宿が取れなければ野宿もする。それを知ったら顔を真っ赤にして怒るかもしれない。

――そういう人だもの、お父さんは。

女の子は清楚《せいそ》で可愛《かわい》いのが一番。従順で素直《すなお》なほうがいい。穏和《おとな》しすぎるぐらい内気で充分《じゅうぶん》。賢《かしこ》くなくていいし、強くなくていい。

陽子自身も、ずっとそう思ってきたのだけど。

「そんなの、嘘《うそ》だ……」

穏和しく捕《つか》まればいいのだろうか。達姐《たつき》に売られていれば良かったのだろうか。

陽子は布を巻いた剣の柄《つか》を握《にぎ》りしめた。多少なりとも陽子に覇気《はき》があったら、そもそもケイキに会ったときにもう少し強い態度で臨《のぞ》めたはずだ。せめて何のために、どこに行くのか、行き先はどういう場所でいつ帰れるのか、最低限のことぐらい訊《き》けたはずだった。そうすればこんなふうに、途方《とほう》に暮れることもなかった。

強くなくては無事でいられない。頭も身体も限界まで使わなくては、生き延びることができない。

――生き延びる。

生き延びて、必ず帰る。それだけが陽子に許された望みだった。

着ていた服を達姐の着替えと一緒《いっしょ》にして古着屋に持っていくと、わずかの金銭に換《か》えてくれた。

それを握って、陽子は人混みに紛れて門を入る。衛士《えいし》に声はかけられなかった。入った街の道を奥《おく》へ向かう。門から遠ざかるにしたがって宿代が安くなることを達姐との旅で聞いて知っていた。

「坊主《ぼうず》、何にする」

入った宿屋でそう訊かれて、陽子は微《かす》かに笑った。宿屋はたいがい食堂と兼業《けんぎょう》になっている。入るとまずオーダーを訊かれるのが常だった。

陽子は店の中を見渡《みわた》す。食堂の雰囲気《ふんいき》を見れば、宿の程度が分かる。この宿は良くはないが、そう酷《ひど》くもなさそうだった。

「泊《と》まれますか」

宿屋の男は陽子を胡散臭《うさんくさ》そうに見る。

「坊主、一人かい」

陽子がただ頷《うなず》くと、

「百銭だ。金はあるんだろうな」

陽子は黙《だま》って財布《さいふ》を示してみせる。宿では後払《あとばら》いが普通《ふつう》だった。

通貨は硬貨《こうか》で、四角いものと丸いものが何種類もあり、四角いもののほうが価値が高い。単位はどうやら「銭」で、硬貨にはそれぞれ値が彫《ほ》ってあった。金貨や銀貨もあるようだが、紙幣《しへい》は見かけない。

「何かいるかい」

男に訊かれて陽子は首を横に振る。宿で無料のサービスは井戸《いど》を使わせてもらうことぐらいで、風呂《ふろ》を使うのにもお茶を頼《たの》むのにも料金がいった。それを達姐との旅で知っていたから、食事は門前の屋台で済ませた。

男はぶっきらぼうに頷いて、店の奥に声をかける。

「おい、泊まりだ。案内しな」

ちょうど奥から出てきた老人がそれに応《こた》えて頭を下げた。老人はニコリともせずに陽子に目線で奥を示す。ちゃんと自分で宿を取れたことに安堵《あんど》して、陽子はそれに蹤《つ》いて行った。

2

奥にある階段を上り、老人は四階に上がっていく。こちらの建物はほとんどが木造で、大きな街では三階建てになっている。この宿屋は四階建てになっているようだった。そのぶん天井《てんじょう》はうんと低くて、陽子がごく軽く腕を挙げて届くほどしかない。達姐《たっき》のような大きな女なら、身を屈《かが》めなければならないだろう。

案内された部屋は小さかった。畳《たたみ》二枚ほどの面積で、床《ゆか》は板張り、奥に天井から下がった棚《たな》があって、そこに薄《うす》い布団《ふとん》が何組か入っているのが見える。寝台《しんだい》はないから床の上に布団を敷《し》いて寝《ね》るのだろう。

部屋の奥は棚があるので膝を突《つ》いても身を屈めなければならない。立って一畳《じょう》、寝ると二畳というわけだった。達姐と泊まったのは天井の高い、寝台もテーブルもある小綺《こぎ》麗《れい》な部屋で、その料金は二人で五百銭ほどしたようだった。

治安が悪いせいだろう、こんな宿でもドアにはきちんと内外から鍵《かぎ》を使って開ける錠《じょう》がついていた。その鍵を陽子に手渡して去っていこうとする老人を呼び止める。

「済みません、井戸の場所は？」

陽子が声をかけると、老人は弾《はじ》かれたように振り返って眼《め》を見開いた。しばらく、まじまじと陽子を見ている。

「あの……」

聞こえなかったのだろうか、と同じことを繰《く》り返す陽子に、老人は眼を見開いたままで言った。

「日本語じゃ……」

言うなり、老人は廊下《ろうか》を小走りに戻《もど》ってくる。

「……おまん、日本から来たがか？」

答えられない陽子の腕を老人は摑《つか》む。

「海客か？　いつこっちに来た？　出身はどこぜ？　もう一度喋《しゃべ》ってくれ」

陽子はただ眼を見開いて老人の顔を見る。

「頼むから喋ってくれんかえ。俺《おれ》はもう何十年も日本語を聞いてないがよ」

「あの……」

「俺も日本から来たがやき。なあ、日本語を聞かせてくれ」

老人の皺《しわ》の中に沈《しず》んだ眼に、見る見る透明《とうめい》なものが盛り上がって、陽子もまた泣きたい気分になった。何という偶然《ぐうぜん》だろう。異境に紛《まぎ》れ込《こ》んだ人間が、この大きな街の片隅《かたすみ》で出会うなんて。

「おじいさんも海客なんですか？」

老人は頷く。何度も何度ももどかしげに頷いて、声が出ないようだった。節の立った指が陽子の腕を握りしめてきて、その力に彼《かれ》のいままでの孤独《こどく》が見えたような気がして、陽子はその手を握り返した。

「……茶」

震《ふる》える声で老人が呟《つぶや》いた。

「茶はどうぜ？」

陽子は首を傾《かたむ》ける。

「茶ぐらい飲まんかえ。ちょっとだけやけんど、煎茶《せんちゃ》があるがよ。持ってくるきに。……な？」

「……ありがとうございます」

老人は、しばらくして湯呑《ゆの》みを二つ持ってきた。部屋に現れたときには彼の落《お》ち窪《くぼ》んだ眼は真っ赤になっていた。

「……あまりええ茶やないがやけんど」

「ありがとうございます」

からりとした緑茶の匂《にお》いが懐《なつ》かしかった。そっと口に含《ふく》む陽子を見守りながら、彼は陽子の正面の床に腰《こし》を降ろした。

「あんまり嬉《うれ》しいき、仮病《けびょう》を使うて仕事を休んでしもうた。……坊《ぼっ》ちゃん、それとも嬢《じょう》ちゃんかえ。名前は？」

「中嶋《なかじま》、陽子です」

そうか、と老人は瞬《しばたた》いた。

「俺は松山誠三《まつやませいぞう》いうが。……嬢ちゃん、俺の日本語は妙《みょう》じゃないろうか」

陽子は内心首をかしげつつ、頷いた。訛《なまり》はあるが、おおよそ理解はできる。

「そうかえ」

老人は本当に嬉しそうに笑う。やはり泣き笑いになった。

「生まれはどこなが？」

「生まれですか？東京です」

誠三は湯呑みを握る。

「東京？　ほんなら、東京はまだあるがやな」

「え？」

問い返す陽子には構わず、彼は上着の衿《えり》で頬《ほお》を拭《ぬぐ》った。

「俺は、高知《こうち》の生まれよ。こっちに来たときには呉《くれ》におった」

「呉？」

「広島の呉じゃ。知っちゅうかえ」

陽子は首を傾けながら、昔に習った地理の授業を思い出そうとした。

「……聞いたことはあるような気がするんですけど」

老人は苦く笑う。

「軍港があって、工廠《こうしょう》があった。俺は港で働きよった」

「高知から、広島へ、ですか？」

「ああ。母親の実家が呉のほうじゃったきに。七月あたまの空襲《くうしゅう》で家が焼けてしもうて、伯父《おじ》さんの家に預けられたがよ。無駄飯《むだめし》は食えんきに働きに出たがやけんど、それが空襲があっての。港に入ってた船があらかた沈んだが。そのどさくさで海に落ちたがよえ」

それが第二次世界大戦のことを言っているのだと、陽子は悟《さと》る。

「……気がついたら虚海《きょかい》じゃった。海を漂流しよったところを助けられたがや」

老人が口にした「虚海」は少しイントネーションが違《ちが》う。音も「キョカイ」よりは「コカイ」に近かった。

「そう……なんですか」

「その前にも何度か酷い空襲があって、工廠はもうあってなきがごとしじゃったわ。軍港にしたって、船はあったが使いもんにはならんかったし、第一、瀬戸内海と周防灘《すおうなだ》は機雷《きらい》だらけで通れやせんかった」

陽子はただ相槌《あいづち》を打つ。

「三月には東京が大空襲で焼け野原になったらしいし、六月には大阪じゃち大空襲で焼け野原よ。ルソンも沖縄《おきなわ》も陥落《かんらく》して、正直勝てるとは思うちゃあせんかった。……負けたかよ」

「……はい」

老人は重い溜息《ためいき》を落とした。

「やっぱりのぉ。……ずっとそれが気にかかっちょったがよ、俺は」

陽子にはよく分からない。陽子の両親は戦後の生まれで、戦争について語ってくれるような祖父母も身近にはいなかった。遥《はる》か遠い昔の話だ。教科書や映画やテレビの中だけで知る世界。

それでも老人が語る世界はこちらの世界ほど陽子にとって遠くない。うまくイメージが掴めないなりに、耳に馴染《なじ》みの深い地名や歴史を聞くのは嬉しかった。

「東京はまだあるがやな。やっぱり米国の属国になったがかえ？」

「とんでもない」

陽子は眼を見開いた。老人もまた眼を見開く。

「そうか。……そうかえ。けんど、嬢ちゃん、その眼はどうしたが？」

陽子は一瞬《いっしゅん》キョトンとし、自分の緑色に変色してしまった瞳《ひとみ》のことを言われたのだと悟った。

「……これはべつに」

言い淀《よど》むと、老人は顔を伏《ふ》せて頭を振った。

「えい、えい。言いとうないがやったら、かまんき。俺はてっきり、日本がアメリカの属国になったせいじゃと思うたがよ。違うんなら、かまんき」

きっとこの老人は、自分が見届けることのできなかった故国の運命を、遠い異境の空の下で案じ続けていたのだろう。故国がどんな運命を辿《たど》るのか分からないのは陽子も同じだが、立ち去った時期が時期だけに老人の想《おも》いは深かったに違いない。

　こんな世界に放《ほう》り込まれて、それだけでもこんなに辛《つら》いのに、その上さらにこの老人は四十数年もの時間を故国の心配までし続けたのだと思うと胸が痛かった。

「……陛下《へいか》はご無事か？」

「昭和天皇ですか？　だったら、そう……無事でした。もう、し……」

　死にました、と言いかけて、慌《あわ》てて陽子は言葉を変える。

「亡《な》くなりましたけど」

　老人はパッと顔を上げて、そうして深く頭を下げて袖《そで》で目許《めもと》を押《お》さえた。陽子は躊躇《ためら》ったあげく、丸めた背中をそっと撫《な》でた。老人が嫌《いや》がる様子を見せなかったので、ひとしきり嗚咽《おえつ》が治まるまでそうやって骨の感触《かんしょく》の露《あら》わな背中を撫でていた。

3

「……済まんのぉ。歳《とし》を取ると涙脆《なみだもろ》うてなぁ」

　陽子は黙《だま》って首を振《ふ》る。

「……で、何年やった？」

「え？」

問い返す陽子を老人は表情の窺《うかが》えない眼で見る。

「大東亜《だいとうあ》戦争が終わったがは？」

「たしか……一九四五年だったと……」

「昭和？」

「ええと」

陽子はしばらく考えて、受験勉強のときに暗記した年表を無理やり掘《ほ》り起こした。

「昭和二十年だと思います」

「昭和二十年？」

老人は陽子を凝視《ぎょうし》する。

「俺がこっちに来たのも二十年じゃ。二十年のいつぜよ？」

「八月……十五日だったと」

老人は拳《こぶし》を握《にぎ》った。

「八月？　昭和二十年の八月十五日？」

「はい……」

「俺が海に落ちたのは七月の二十八日じゃったがやき」

彼は陽子を睨《にら》む。

「たった半月じゃいか！」

陽子はただ俯《うつむ》く。何と言葉をかけていいのか分からなかった。それで黙って、老人が涙混じりに戦争のために犠牲《ぎせい》にしてきたものを数え上げるのをじっと聞いていた。

夜半に近づくにつれて、老人は陽子について質問を始めた。家族は、家は。どんな家だったのか、どんな生活をしていたのか。質問に答えるのは少しだけ辛かった。ここに陽子が生まれる前から囚《とら》われて帰れない人がいることが、否応《いやおう》なく胸に沁《し》みた。

陽子もまたこうして生きるのだろうか。一生を帰れないまま、この異境で過ごすのだろうか。せめて海客《かいきゃく》同士、出会えたことは好運なことなのかもしれない。老人がたった一人で過ごしてきたことを思えば、それは本当に幸福なことなのかもしれなかった。

「俺が何した言うがじゃろうのぉ」

老人は胡座《あぐら》をかいた膝《ひざ》に肘《ひじ》を突いて頭を抱《かか》えた。

「仲間も家族も放り出して、こんな妙なところに来た。どうせ空襲で死ぬがやろうと覚《かく》悟《ご》しちょったけんど、たったの半月で終わったがよ。あと、たった半月で」

陽子はただ口を閉ざしている。

「戦争が終われば良い目が見れたのに、腹いっぱい食わんまんま、楽しいこともないまんまで、こがいなところに来てしもうて」

「そうですね……」

「いっそ空襲で死んだほうがましじゃったような気がするわえ。こんな得体《えたい》の知れん、地理も分からんなら、言葉も分からん、こがいなところになぁ……」

陽子は眼を見開いた。

「……言葉が、分からない？」

「俺にはさっぱりよ。いまでも片言しか喋《しゃべ》れん。おかげでこんな職しかないわえ」

言ってから陽子を怪訝《けげん》そうに見る。

「嬢ちゃんは分かるがか？」

「はい……」

陽子は老人を凝視する。

「日本語なんだと思ってました」

「莫迦《ばか》な」

老人も呆然《ぼうぜん》とした顔をする。

「日本語なもんかえ。日本語を聞いたがは自分の独り言をのぞけば、今日が初めてやき。どこの言葉だか、ようは分からん。支那語《しなご》に似てる気もするけんど、だいぶん違う」

「漢字を使うでしょう？」

「使う。けんど、支那語じゃないき。港には支那人もおったけんど、こんな言葉じゃなかったき」

「そんなはず、ありません」

陽子は混乱した気分で老人を見つめる。

「あたしはこちらに来てから、一度だって言葉に困ったことはありません。日本語以外なら分かるはずがありません」

「店の連中の言葉も分かるが？」

「分かります」

老人は首を振った。

「ほんなら、おまんが聞きゆうがは日本語じゃない。ここには日本語を話す奴《やつ》なんかおらん」

これはいったいどういうことなのだろう。陽子は混乱を極《きわ》める。

自分は確かに日本語を聞いてきた。なのにそれは日本語ではないと、老人は言う。ずっと聞いてきた言葉と、老人が話す言葉と、何の差異もないように聞こえるのに。

「ここは巧《こう》国ですよね。巧《たく》みな国、と書く」

「そうだ」

「わたしたちは海客で、虚海から来た」

「そうだ」

「この街には郷《ごう》庁がある」

「郷庁？　郷城《ごうじょう》のことか、郷のことかえ」

「県庁みたいなものだと」

「県庁」

「県知事のいる」

「県知事じゃいうのは、ここにはないき。県のいちばん偉《えら》い人なら県正《けんせい》よ」

そんな、と陽子は呟《つぶや》いた。

「わたしはずっと、県知事って」

「そんなものはないき」

「人は冬には里《さと》に住んで、春が来たら村に帰る」

「冬に住むがは里《り》。春に住むがは廬《ろ》」

「でも、あたしは」

老人は陽子を睨み据《す》える。

「おまん、何者ぜよ！」

「あたし……」

「おまんは、俺《おれ》と同じ海客やない。俺はずっとこの異国でたった一人じゃった。戦争中の日本から、言葉も習慣も分からん場所に放り出されて、この歳まで女房《にょうぼう》も子供もおらん、正真正銘《しょうめい》のたった独りよ」

なぜこんなことが起こるのか。陽子は必死に原因を探《さぐ》ろうとする。どう考えてもいままで見聞きしてきた現実の中に手掛《てが》かりはありそうになかった。

「最低のところから、最低のところへ来た。どうして戦後の、俺たちの犠牲の上で安穏《あんのん》と生活しよったおまんが、ここに来てまでまたそんな楽な目を見るが」

「分かりません！」

陽子が叫《さけ》んだとき、ドアの外から声がかけられた。

「お客さん、どうかしましたか」

老人は慌てて口許に指を当て、陽子はドアのほうを見る。

「済みません。何でもありませんから」

「そうですか？　ほかのお客さんもいるんでね」

「静かにするよう、気をつけます」

ドアの外に遠ざかっていく足音を聞いて、陽子は軽く息をつく。そんな陽子を老人は険しい色の表情で見ていた。

「いまのも分かったがか？」

言葉のことだと気づいて陽子は頷《うなず》く。

「……分かりました」

「いまのはこっちの言葉やき」

「あたしは……どちらの言葉で喋っていました？」

「日本語に聞こえたな」

「でも、ちゃんと相手に通じてました」

「そのようじゃな」

陽子は常にたった一つの言語しか喋っていない。常に聞くのもたった一つの言語だ。なのにどうしてこんな現象が起こるのだろう。

老人は表情を和《やわ》らげた。

「……おまんは、海客じゃないき。少なくとも、ただの海客じゃない」

カイキャクという音はイントネーションだけでなく、少しだけ陽子が耳慣れた音とは違って聞こえた。

「……おまん、どうして言葉が分かるが？」

「分かりません」

「分からない、かよ」

「あたしには全然分からないんです。どうして自分がここに来ることになったのか、どうしておじいさんとあたしは違うのか」

どうして姿が変わってしまったのか、と心の中で呟きながら染めて硬《かた》い手応《てごた》えになった髪《かみ》に触《ふ》れる。

「……どうやったら帰れるのか」

「俺も探した。答えは、帰れん、ってそれだけよ」

言ってから、彼は乾《かわ》いた声で笑う。

「帰れたらとっくに帰っちゅうき。もっとも、帰ったところで今浦島《いまうらしま》じゃけんど」

言ってから彼は気落ちしたように陽子を見た。

「……嬢《じょう》ちゃんはどこに行くが？」

「あてはありません。——一つ、訊《き》いてもいいですか？」

「何ぜ？」

「おじいさんは捕《つか》まらなかったんですか？」

「捕まる？」

老人は眼《め》を見開いてから、何かに思い至った表情をした。

「……そうか、ここじゃ海客は捕まるがやな。いいや、俺は違《ちが》うき。俺は慶《けい》国に流れ着いたがよ」

「——え？」

「海客の扱《あつか》いは国によって違うらしいがよえ。俺は慶国に辿《たど》り着いて、そこで戸籍《こせき》をもろうたが。去年まで慶国におったけんど、王様が崩御《ほうぎょ》なすって国が荒《あ》れた。住むに住めんなって逃《に》げてきたがよ」

陽子は街で見かけた難民を思い出す。

「……じゃあ、慶国なら、逃げずに済むんですか？」

老人は頷く。

「そういうことやな。もっともいまはいかんき。内戦があっての、国は酷《ひど》い有様よ。俺の住みよった村は妖魔《ようま》に襲《おそ》われて半分が死んだ」

「妖魔？　内乱のせいじゃなくて？」

「国が乱れると妖魔が現れるき。妖魔だけじゃない。日照りに洪水《こうずい》、地震《じしん》。悪いことばっかりよえ。それで俺は逃げてきたが」

陽子は眼を伏《ふ》せる。慶国なら追われずに済む。このまま巧国を逃げ廻《まわ》るのと慶国に行ってみるのと、どちらが安全だろうか。考えていると老人が続けた。

「女はもっと前から逃げ出しちょったな。王様が何を考えたのか国から女を追い出そうとしての」

「まさか」

「本当じゃ。都の堯天《ぎょうてん》じゃ残った女は殺されるという話じゃった。もともとろくな国じゃなかったきに、これを機会に逃げ出した連中も多いろうよ。近づかんほうがえいぜ。あそこはもう妖怪《ようかい》の巣よ。いっときまでは、ずいぶんたくさんの人間が逃げ出しよったけんど、最近じゃそれもめっきり減ったわ。おそらく国境を越《こ》えられんがやろう」

「そう……なんですか」

呟いた陽子に老人は自嘲《じちょう》めいて笑ってみせた。

「日本のことは訊かんと分からんけど、こちらのことなら教えちゃれるき。……俺はこっちの人間になってしもうたがやなぁ」

「そんな」

老人は笑って手を挙げる。

「巧は慶に比べりゃ、ずっとマシな国やき。けんど海客じゃゆうて捕まるがじゃ、マシでも仕方ないわな」

「おじいさん、あたし……」

老人は笑った。半分泣いたような笑顔《えがお》だった。

「分かっちゅう。嬢ちゃんのせいじゃないきに。分かっちゅうけんど、なんだか切のうてなぁ。当たって済まざったの。逃げにゃいかんがじゃ、嬢ちゃんのほうが大変じゃのにのぉ」

陽子はただ首を振《ふ》った。

「俺は仕事に戻《もど》らんと。朝飯の仕込《しこ》みがあるき。——道中気をつけての」

それだけを言って彼は外に滑《すべ》り出た。

陽子は老人を呼び止めかけて、それをやめ、おやすみなさい、とそれだけを言った。

4

棚《たな》から薄《うす》い布団《ふとん》を引っ張り出し、陽子はそこに寝転《ねころ》んで溜息《ためいき》をついた。久しぶりに布団の上で眠《ねむ》れるのに、ひどく目が冴《さ》えてしまっていた。気に掛かることがあるからだと、分かっている。

どうして陽子は言葉に困らなかったのだろう。もしも自分が言葉を理解できなかったら、いまごろ何が起こっているか想像するまでもない。しかしながら、なぜこんなことが起こるのかは想像がつかなかった。

ここで通用しているのが日本語でないなら、それが陽子に理解できるはずがない。ドアの外の人物と話したとき、陽子はいったい何語で喋っていたのだろう。それが老人には日本の言葉に聞こえ、ほかの人間にはこちらの言葉に聞こえた——。

老人の話すこちらの単語は、少しだけ音が変わって聞こえた。それすらも奇妙《きみよう》なことに思える。ましてや、県知事などという言葉はないという。では、ずっと陽子が聞いてきた県庁だの県知事だのという言葉は、いったい何だったのか。

陽子は低い天井《てんじよう》をじっと見た。

——翻訳《ほんやく》されている。

陽子が聞いている言葉は、どこかで何かによって陽子が理解できるよう、都合よく翻訳されてはいないか。

「ジョウユウ？　あなた？」

自分の背中に向けて呟いた言葉に、もちろん返答はなかった。


いつものように懐《ふところ》に剣《けん》を抱《だ》き込んで眠って、そうして目覚めたとき、部屋の隅《すみ》に置いた陽子の荷物は消えていた。

陽子は飛び起き、慌《あわ》ててドアを検《あらた》める。ドアにはきちんと鍵《かぎ》が掛かっていた。

店の者を捉《つか》まえて、事情を話す。ドアと室内とを怪訝《けげん》そうに検めた従業員たちは、陽子を剣呑《けんのん》な眼つきで睨《にら》んだ。

「──そんな荷物が、本当にあったのか？」

「あった。あの中に、財布《さいふ》だって入ってる。誰《だれ》かに盗《ぬす》まれたんだ」

「しかし、鍵は掛かってるぜ」

「合い鍵は？」

陽子が訊くと男たちはさらに剣呑な眼つきをした。

「店の者が盗んだ、と言いたいのか」

「そもそもありゃしねえんだろう？　最初から難癖《なんくせ》をつけて逃げるつもりだったな」

男たちは陽子に躙《にじ》り寄る。陽子はそっと剣の柄《つか》に手を掛けた。

「違う」

「とにかく代金を払ってもらおうか」

「財布は盗まれた、と言ってる」

「それじゃあ役所に突《つ》き出すまでだ」

「ちょっと待って」

陽子は布を解《ほど》きかけ、それからふと気づいて男たちに言った。

「昨日のおじいさんを呼んでくれる」

とっさに浮《う》かんだのは彼《かれ》に口添《くちぞ》えを頼《たの》もう、という考えだった。

「じいさんだ？」

「慶国から来た。松山、という」

男たちは顔を見合わせた。

「あいつが、どうした？」

「呼んで。彼が荷物を見てる」

男の一人が入り口に仁王立《におうだ》ちになり、背後の若い男に顎《あご》で合図をした。若い男が走って廊下《ろうか》を去っていく。

「その左手の荷物は何だ？」

「これにはお金は入ってない」

「俺《おれ》が検めてやるよ」

「おじいさんが来てから」

ぴしゃりと言うと、男は胡散臭《うさんくさ》そうに陽子を眺《なが》める。すぐにけたたましく足音がして、若い男が戻ってきた。

「いないぜ」

「いないだ？」

「荷物もない。あのじじい、出て行きやがった」

ドアに立ちはだかった男が舌打ちをして、陽子はその音に歯を食いしばった。

——彼だ。

あの、老人がやったのだ。

陽子は眼を閉じる。同じ海客《かいきゃく》でさえ、陽子を裏切るのか。

陽子が戦後の豊かな時代に育ったのが許せなかったのか、それとも言葉を理解できるのが許せなかったのか。あるいは、そもそもその程度のつもりだったのか。

同胞《どうほう》を見つけたと思った。老人のほうもそう思ってくれたのだと信じ込んでいた。達《たっ》姐《き》に騙《だま》され、陽子にはもはやこの国の人間を信じる勇気が持てない。なのに同じ海客のあの老人までが裏切るのだ。

苦いものが迫《せ》り上がってきた。怒《いか》りは陽子の中に荒れた海の幻影《げんえい》を呼び起こす。そのたびに自分が何かの獣《けもの》になり変わっていく気がした。

陽子は波に揺《ゆ》さぶられるまま吐《は》き捨てた。

「あいつが盗んだんだ」

「あいつは流れ者だ。きっとここが気に入らなかったんだろうよ」

「つべこべ言わずにそいつを寄越しな。金目のものが入ってないか、俺が見てやる」

陽子は柄を握《にぎ》りしめた。

「……わたしは、被害者《ひがいしゃ》だ」

「こっちも商売なんでな。只《ただ》で泊《と》めてやるわけにはいかねえんだ」

「そっちの管理が悪い」

「うるせぇ。それを、寄越せ」

男が間合いを詰《つ》めてきて、陽子は身構えた。巻いた布を腕《うで》を振って解く。小さな窓から入った光が刀身を煌《きら》めかせたのが視野に入った。

「て、てめえ」

「……そこをどけ。わたしは被害者だと言ってる」

若い男が声を上げて走り去り、一人残された男がうろたえたように蹈鞴《たたら》を踏《ふ》んだ。

「どけ。金が欲《ほ》しかったら、あいつを捜《さが》せば」

「……最初からこういうつもりだったな」

「違うと言ってる。じいさんを捕まえたら、荷物の中から代金は取っておいて」

剣を前に出すと、男が退《さが》る。さらに突きつけたまま三歩進むと、男が慌てて転がる勢いで逃げ出した。

陽子はそのあとを追うようにして駆《か》け出す。

若いほうの男が呼んだのだろう、駆けつけてきた数人を剣で脅《おど》して宿から外に飛び出した。雑踏《ざっとう》を掻《か》き分けて走る。

腕がひどく痛い気がした。あの老人が切なる力で摑《つか》んだ場所が。

二度と人を信じるなという、これはその戒《いまし》めなのだ。

5

そこからはまた野営を続ける旅が始まった。

何とはなしに街道《かいどう》を辿《たど》って次の街に着いたが、どうせ所持金もなし、宿に泊まれるわけでも食事ができるわけでもない。せめて門を入って難民のように城壁《じょうへき》の下で眠ればよかったのかもしれないが、城門には衛士《えいし》が構えていたし、陽子には大勢の人の間に交じることが苦痛でならなかった。

ここには味方はいない。誰も陽子を助けない。

ここには陽子に許されるものは、何一つないのだ。

騙され裏切られることを思えば、妖魔《ようま》を剣で追い払《はら》いながら野宿したほうがずっとましなことに思えた。

着物を着替《きが》えてからは女には見られない代わりに、年齢《ねんれい》よりも年下に見られることが増えた。こちらの治安は悪い。眼つきの悪い連中に絡《から》まれることが何度かあって、人に対して剣を向け脅すことの躊躇《ちゅうちょ》が完全に消えた。

昼には、すれ違《ちが》う人間に注意をしながら歩き、夜には妖魔と戦いながら歩く。夜に眠れば妖魔の急襲《きゅうしゅう》があるかもしれず、いきおい夜に歩いて昼には寝る生活になる。

街道沿いの廬《ろ》には食べ物を売る家もあったが、それも昼に限られていたし、何よりも陽子には所持金がなかったので、食事をすることは当然のように絶えた。

何度か飢餓《きが》に堪《た》えかねて、嫌悪《けんお》を抑《おさ》えて仕事を探してみたが、大量の難民が流入した街には職がない。非力そうに見える子供ならば、なおさら雇《やと》ってくれるところなどありはしなかった。

妖魔は夜毎《よごと》に現れ、ときおり昼にも現れて陽子に苦渋《くじゅう》を強《し》いた。疲労《ひろう》と飢餓は間断なく陽子を悩《なや》ませ続けた。それ以上に陽子を懊悩《おうのう》させるのは、剣の見せる幻影と、蒼《あお》い猿《さる》だった。

母親が泣く姿を見るのは辛《つら》かった。蒼猿は死んだほうがましだろうと誘惑《ゆうわく》を続ける。それでも母親の姿を、自分の生活していた場所をせめて見たいという欲求に勝てず、せめて誰かと会話をしたいという欲求には勝てなかった。

剣の見せる幻影が訪《おとず》れるのは必ず夜で、それは陽子の帰りたいという思いに反応する。剣が不思議な力を現すのが夜なのか、そもそも夜にしか起きていないから夜なのか、それは陽子にも分からない。

妖魔の襲撃《しゅうげき》がひきもきらず故郷を思う暇《ひま》もない夜は身体《からだ》に辛く、少しでも余裕《よゆう》のある夜は心に辛かった。剣が光り始めても無視すればいいのだと分かってはいても、それをできるほど心強くはなれない。

そうして陽子は今夜も燐光《りんこう》を浮かべ始めた剣を見ている。妖魔から逃《に》げて分け入った山の中、背中を白い樹《き》に預けていた。

山の深いところでときおり見かけるその白い樹は、陽子の知るいかなる樹とも似ていなかった。樹皮はほとんど純白で、傘《かさ》のように広がった枝の差し渡《わた》しが一軒《けん》の家ほどもあるが、高さは低い。いちばん上の枝はどんなに高くても二メートルを超《こ》えないだろうと思われた。

葉のない枝は地に垂《た》れるほど低く、細いが恐《おそ》ろしく堅牢《けんろう》で、剣を使っても断ち切ることができなかった。それはほとんど白い金属でできた作り物の樹を思わせる。枝には黄色い木の実が生《な》っていたが、溶接《ようせつ》されたように捥《も》ぎ取ることができなかった。

白い枝は夜目にも、はんなりと白い。月があればいっそう白くて陽子は気に入っていた。

枝は低いが、それを掻き分けて幹のほうへ潜《もぐ》り込むと、根本には坐《すわ》っていられるぐらいの隙間《すきま》がある。白い樹の下にいると、どういうわけか妖魔の襲撃が間遠だったし、野《や》獣《じゅう》の襲撃はほとんどなかったので休憩《きゅうけい》を取るには申し分がなかった。

その樹の下に潜り込み、幹に背中を預けて陽子は剣を見ている。拓丘《たっきゅう》で海客の老人に会ってからすでに十日以上が経《た》っていた。

剣は淡《あわ》く光を放って、それに照らされて間近の枝が白く輝《かがや》く。木の実は金色に光った。当然のように母親の姿を待った陽子の目の前に、複数の人影《ひとかげ》が動くのが見えた。

大勢の人間。黒い服。若い女の子。広い部屋と並んだ机。

——教室の風景だった。

教室には制服を着た少女たちが、たむろしていた。あまりに見慣れた休み時間の光景だった。綺麗《きれい》にブローした髪《かみ》とプレスされた制服。清潔そうな白い肌《はだ》。見ている自分との対比が可笑《おか》しくて、自嘲《じちょう》の笑《え》みが漏《も》れた。

「中嶋、家出したんだって」

聞き慣れた友人の声を皮切りに、どっと雑談をする喧噪《けんそう》が陽子の耳に押《お》し寄せてきた。

「家出？　嘘《うそ》ぉ」

「ほんと、ほんと。中嶋、昨日、休んでたじゃない。あれって家出なんだって。ゆうべ中嶋の母親から電話かかってきて、ビックリよぉ」

（ずいぶん前のことだな……）

「おどろきぃ」

「あの委員長がねえ」

「やっぱ、真面目《まじめ》な人ほど陰《かげ》で何をしてるか分からない、ってことじゃないの」

「かもなあ」

陽子はさらに笑った。自分の置かれた状況《じようきよう》との差が可笑しかった。

「何かさぁ、学校に妙《みよう》な仲間が迎《むか》えに来たらしいよ。それがけっこう危なそうな男だったんだって」

「男ぉ？　やるー」

「じゃ、駆け落ちじゃない」

「そうとも言うね。ほら、職員室のガラスさ、全部割れてたじゃない。あれ、中嶋の仲間がやったんだって」

「まじ？」

「ね、男って、どんな？」

「よくは知らないけど。髪をロングにして脱色《だっしょく》した奴《やつ》だったらしいよ。ずるずるした妙な恰好《かっこう》をしてたって」

「中嶋って、実はヘビメタだったんだ」

「だったりしてー」

（ケイキ……）

陽子は喧噪を前に、亡霊《ぼうれい》のように身動きできずにいる。

「やっぱりねー。あの髪ってさあ、絶対染めてるって思ってたんだよね」

「生まれつきだって言ってたじゃない」

「嘘に決まってんじゃん。生まれつきであんな色になるわけないだろ」

「けどさあ、教室に鞄《かばん》とコートがあったって聞いたよ」

「えー、何それ」

「きのうの朝、森塚《もりづか》が見つけたって」

「本当に駆け落ちなんじゃない。身体一つで……ってやつ」

「ばぁか。──でも、それって家出じゃなくて失踪《しっそう》っていうんじゃないの」

「こわ……」

「そのうち駅前にポスターとか貼《は》られたりして」

「タテカン立って、街頭で中嶋んちの母ちゃんがビラを配るんだな」

「うちの子を捜してください、ってか？」

「無責任なこと言ってるよ、こいつらは」

「だって、あたしには関係ないもん」

「どうせ家出だって」

「そうそう。案外ああいう優等生に限って、屈折《くっせつ》してたりするわけだ」

「駆け落ちなんでしょ。堅《かた》いのに限って、コイに燃えると何をするか分からない、と」

「冷てーの。お前、中嶋とけっこう仲良かったんじゃないの」

「そりゃ、話ぐらいはしてたけどぉ。でも実を言うと、あいつあんまり好きじゃなかったんだよね」

「分かる。優等生ぶっててさぁ」

「だよねー」

「何かっちゃ親が厳しい、って、お前はお嬢《じょう》か、っての」

「言えてる。ま、宿題をマメにやってるのは助かったけど」

「ああ、ほんと。今日も数学のプリント、手つかずなんだよ、実は」

「あー、あたしもー」

「ちょっと、誰《だれ》かやってないの」

「中嶋ぐらいっきゃ、いないって」

「陽子ちゃーん、帰ってきてぇ」

どっ、と明るい笑いが湧《わ》く。ふいにその安穏《あんのん》とした景色がぼやけた。見る見る歪《ゆが》んで、形をなさなくなる。瞬《まばた》きを一つすると視界が澄《す》んだが、すでに陽子の目の前には光を失《な》くした刀身しか見えなかった。

6

陽子は剣《けん》を下ろした。ひどく手に重い気がした。

友人、と呼んでいた誰もが実は友人ではないことなど、心のどこかで分かっていた。人生のほんのいっとき、狭《せま》い檻《おり》の中に閉《と》じ籠《こ》められた者同士、肩《かた》を寄せ合っていただけだ。進級してクラスが変われば忘れる。卒業すれば会うこともない。おそらくは、そんなことだったのだ。

そう思っても、涙《なみだ》が込《こ》み上げた。

かりそめの関係だと、きっとどこかで分かっていた。それでもなおその中に、何かしらの真実が隠《かく》されているのではないかと期待していたのだ。

できれば教室に飛び込んで陽子の置かれた状況を訴《うった》えてみたかった。そうしたら彼女《かのじょ》たちはどう反応するだろう。

どこか遠い世界の、平和な国で生きている人たち。彼女たちにもきっと、悩みや苦しみがありはするのだろう。かつての陽子がそうだったように。そう思うと心底笑えて、陽子は地面に寝転《ねころ》んで身体を丸めた。

この世のすべてのものから切り離《はな》されて独りで——まさしく独りで身体を丸めている自分。切実に孤独《こどく》だと、思う。

親と喧嘩《けんか》をしたとき、友達《ともだち》と仲違《なかたが》いをしたとき、単に感傷で気分が落ち込んだとき、孤独だな、と呟《つぶや》いていた自分の言葉がいかに甘《あま》かったか。帰る家があり、決して敵にはなりえない人がいて、気分を慰《なぐさ》めてくれるものがあって、たとえそんなものすべてを失くしたとしても、きっとすぐに友達なら作れる。それが上辺《うわべ》だけの友達にしても。

そのとき、いくら聞いても耳に慣れない嫌《いや》な音がして、陽子は丸くなったまま顔を蹙《しか》めた。

「煩《うるさ》い」

「だから帰れねえってばよ」

「帰れると思うなら、やってみるがいいサァ。帰ったところで、誰もお前を待っちゃいないけどなぁ。仕方ないよなぁ。お前は待つだけの値打ちのない人間だったんだから」

どうやら猿は剣の幻《まぼろし》に何かの関係がある。蒼い猿が現れるのは幻を見る前後だと決まっていた。特に危害を加えるわけではない。ただ聞きたくもないことを耳障《みみざわ》りな声と口調で言っていくだけだ。だからだろう、ジョウユウも決して反応しなかった。

「——お母さんがいるもの」

いつか幻で見たぬいぐるみを撫《な》でて泣く母親の姿が目に浮《う》かんだ。友達と呼んでいた同級生の中に本当の友達がいなくても、母親だけは真実陽子の味方のはずだ。どっと懐《なつ》かしさが込み上げて胸が痛む。

「お母さん、泣いてた。だからあたしは、いつか絶対帰るんだ」

猿はひときわ高く笑った。

「そりゃあ、母親だからサァ。子供がいなくなりゃ悲しいさ」

「……何よ、それ」

陽子が顔を上げると、短い雑草に覆《おお》われた地面の、手を伸《の》ばせば届きそうなあたりに蒼く光る猿の首がある。

「べつにお前が消えたのが悲しいわけじゃないのさァ。自分の子供を失くしたのが悲しくて、そんな自分が哀《あわ》れなだけさ。そんなことも分からねえのかい」

胸を衝《つ》かれた。陽子には反論できなかった。

「たとえ子供がお前じゃなくて、もっと最低の子供でも、母親はやっぱり悲しいのさ。

そういう生き物だからサァ」

「黙《だま》れ」

「怖《こわ》い顔をすることたないだろう。オレは本当のことを言ってるだけだ」

きゃらきゃらきゃらと耳に刺《さ》さるような音で猿は大笑いする。

「長いこと育てた家畜《かちく》と一緒《いっしょ》だよ。育てりゃ情が移るもんだ。ナァ」

「黙れっ！」

軽く身を起こして剣を構える。

「怖い、怖い」

猿はそれでも笑い続けた。

「親が懐かしいか、え？　そんな親でもよォ」

「聞きたくない」

「分かってるともさ。お前は家に帰りたいだけなんだ。親に会いたいわけじゃねえよなァ。あったかい家と味方のいる場所に帰りてえんだよナァ」

「……なに」

きゃらきゃらと猿は笑う。

「親なら裏切る心配はねえか。本当にそうなのかい。飼い主と同じじゃねえのかい」

「何を」

「お前は犬や猫《ねこ》と一緒なのサァ。穏和《おとな》しく可愛《かわい》がられてる間はいいけどよォ、飼い主の手を噛《か》んだり家を荒《あ》らしたりしたらそれまでなんだぜ。そりゃァ、連中にも世間体《せけんてい》ってもんがあるからお前を叩《たた》き出したりはしないけどよォ。世間さえ黙ってりゃ、子供を縊《くび》り殺したいと思ってる親なんざ、いくらでもいるに決まってるサァ」

「ばかばかしい」

「そうか、ばかばかしいな」

猿は悪戯《いたずら》っぽく眼《め》を見開いてみせる。

「連中は子供を可愛がってる自分が好きなんだからなァ。確かに莫迦《ばか》なことを言ったよ。子供想《おも》いの親ってのを演じるのが、大好きなんだもんナァ」

きゃらきゃらと哄笑《こうしょう》が耳に刺さる。

「……この」

「お前だってそうだろうが、えェ？」

陽子は柄《つか》に掛《か》けた手を止める。

「いい子をやってるのが楽しかったんだろうが。親の言うことを聞いてたのは、親が正しいと思ってたからかい。逆らったら叩き出されるような気がして、飼い主の機嫌《きげん》を取ってただけじゃねえのかい」

陽子はとっさに唇《くちびる》を噛む。叩き出されることを心配したわけではないが、叱《しか》られること、家の中の空気が重くなること、欲《ほ》しいものを買ってもらえないこと、ペナルティーを課されること、そんなことが心配でいつの間にか両親の顔色を窺《うかが》っていた自分を知っている。

「お前のいい子は嘘《うそ》だ。いい子なんじゃねえ、捨てられるのが怖いから親に都合のいい子供のふりをしてただけだろう。親の、いい親も嘘だ。いい親なんじゃねえ、後ろ指を指されるのが怖いから世間並みのことをしてただけだろう。嘘同士の人間が裏切らないはずがあるかい。どうせお前は親を裏切る。親はお前を必ず裏切る。人間てのは、みぃんなそうなのさァ。お互いに嘘をついて、裏切って裏切られて回ってるんだよォ」

「……この、化物」

ひときわ高く猿は笑った。

「立派な口が利《き》けるようになったじゃねえか。そうとも、オレは化物サァ。けどなァ、オレは正直だからナァ。嘘は言っちゃいないぜ。オレだけがお前を裏切らない。残念だナァ、そのオレが教えてやってるのにヨォ」

「黙れ！」

「帰れねえよ。死んだほうがマシだヨォ。死ぬ勇気がねえなら、もっとマシな生き方をしなよォ。そいつでサァ」

猿は陽子が掲《かか》げた剣を見る。

「もっと正直にサァ。味方はいねえんだ、敵ばっかりだ。ケイキだって敵なんだからヨォ。腹が減ってるだろう？ 真っ当な暮らしがしたいだろう？ そいつを使いなよォ。それでちょいと人を脅《おど》してサァ」

「煩《うるさ》い！」

「どうせどいつもこいつも汚《きたな》い金しか持ってねえんだ。ちょいと銭《ぜに》を出させてサァ。そうすりゃマシな生き方ができるのにナァ」

きゃらきゃらと耳障りな声に向かって剣を振《ふ》り下ろしたが、そこにはもう何の姿も見えなかった。夜の中を哄笑だけが遠ざかっていく。

陽子は土を掻《か》く。鉤爪《かぎづめ》の形に曲がった指の間から、何かが零《こぼ》れ落ちていくような気がしていた。

7

陽子は道をさまよっていた。拓丘《たっきゅう》を出て何日が経《た》ったのか、そもそも家を出て何日が経ったのか数えようとしてももう思い出すことができなかった。

陽子がいるのがどこで、そしてどこへ向かっているのか、それは陽子自身にも分からなかったし、すでに興味を失くしていた。

日が暮れるから剣を握《にぎ》って立つ。敵が来るから戦う。朝が来るから寝場所を探して寝る。それだけがただ続いていく。

珠《たま》を握り、剣を杖《つえ》にして立ち上がるのが当たり前になった。敵がいなければ坐《すわ》り込む。間合いが遠ければ足は引きずる。人の気配がなければ喋《しゃべ》る代わりに始終呻《うめ》く。

飢餓《きが》は身内に張りついてすでに身体《からだ》の一部になった。飢《う》えに負けて妖魔《ようま》の死体を切り刻んでもみたが、異常な臭気《しゅうき》があって到底《とうてい》、口に持っていけない。たまに出会う野獣《やじゅう》を仕留《しと》め、それを口にしたときにはすでに身体が固形物を受けつけなくなっていた。

幾度《いくど》目かの夜を乗り切って、夜明けを迎《むか》えた。街道《かいどう》から山に踏《ふ》み込もうとして木の根に足を取られ、長い斜面《しゃめん》を転がり落ちて、投《な》げ遣《や》りな気分でそこで眠《ねむ》った。眠る前に周囲を見廻《みまわ》すことさえしなかった。

夢も見ずに眠って、目が覚めるとどうしても立ち上がることができなかった。周囲は樹影《じゅえい》の薄《うす》い林の中の窪地《くぼち》、すでに陽《ひ》は傾《かたむ》いてじきに夜がやってくる。このままこんなところで身動きできなくなったら、妖魔の餌食《えじき》になるだけだ。一度や二度の襲撃《しゅうげき》なら、ジョウユウが無理にも戦わせてくれるだろうが、それ以上になればもはや身体が言うことをきかないだろう。

陽子は地に爪《つめ》を立てる。何としてもせめて、街道まで出なくては。

せめて街道へ出て誰かの助けを求めなければ、ここで死ぬだけだと想像がついた。首に下げた珠を探《さぐ》る。それを必死で握り込んでも、剣を杖の代わりに地に突《つ》き立てることさえできなかった。

「助けなんて来やしないサァ」

突然《とつぜん》声がして、陽子は視線を向けた。光のあるうちにその声を聞いたのは初めてだった。

「これでとうとう楽になれるなァ」

陽子はただ粉を吹《ふ》いたように見える猿《さる》の毛並みを見つめる。なぜこんな時間に現れたのか、とそれだけをぼんやり考えた。

「これで街道に這《は》って出ても、どうせ誰かに捕《つか》まるだけサァ。助けといえば助けかもしれねえなぁ。そいつが一思いに殺してくれるかもしれないからヨォ」

確かにそうだ、とそう思う。

誰かに助けを求めなければ、と思う。その願いが切実だから、助けなどあるはずがないという気がする。街道に出ても助けは来ない。もしも誰かが通りがかったとしても、その誰かは陽子を振り向きもしないだろう。汚い、浮浪者《ふろうしゃ》のような姿に顔さえ蹙めていくのかもしれない。

そうでなければ、追い剝《は》ぎだろう。彼《かれ》は陽子に近づき、盗《ぬす》めるほどのものがないのを見て取って剣を奪《うば》っていく。ひょっとしたら御丁寧《ごていねい》に止《とど》めを刺していってくれるかもしれない。

　この国はそういうところだ、とそう思って、陽子は唐突《とうとつ》に気づいた。

　この猿は陽子の絶望を喰《く》いにやってくるのだ。サトリの妖怪《ようかい》のように陽子の心に隠《かく》れた不安を言い暴《あば》いて、陽子を挫《くじ》けさせるために現れる。

　小さな謎《なぞ》を解《と》いたことが嬉《うれ》しくて、陽子は軽く微笑《ほほえ》んだ。それに力を得て寝返りを打つ。腕《うで》に力を込めて身体を起こした。

「諦《あきら》めたほうが良くはないかい」

「……煩い」

「もう楽になりたいだろう」

「煩い」

　陽子は剣を地に突き立てた。崩《くず》れそうになる膝《ひざ》を緊張《きんちょう》させ、悲鳴を上げる手で柄に縋《すが》りついて身体を支える。立ち上がろうとしたが、バランスを崩した。こんなに身体は重かったのか。まるで地面を這うべくして生まれた生き物のようだ。

「そこまでして生きたいのかい。生きて何の得があるんだ、え？」

「……戻《もど》る」

「そんな苦しい思いをしてよォ、それで生き延びたって戻れやしねえよ」

「わたしは、帰るんだ」

「帰れねえよ。虚海《きょかい》を渡《わた》る方法はねえのさ。お前はこの国で、裏切られて死んでいくんだ」

「嘘だ」

この剣だけが頼《たよ》りだ。陽子は柄を握った手に力を込《こ》める。頼るものも縋るものもない。ただこれだけが、陽子を守ってくれる。

——そして、と陽子は思う。

これだけが希望だ。これを陽子に渡してくれたケイキは、二度と帰れないとは言わなかった。ケイキに会えさえすれば、戻る方法が見つかるかもしれない。

「ケイキが敵じゃねえと言えるのかい」

——それを考えてはいけない。

「本当に助けてもらえるのかい？」

——それでも。

このまま何の手掛かりもなくさまよっているよりも、ケイキが敵であれ味方であれ、彼に会ってみること以上のことがあるはずがない。ケイキに会ってなぜ彼が陽子をこちらに連れて来たのか、帰る方法があるのかないのか、聞きたかったことを全部訊《き》いてみる。

「帰って、それでどうなるんだい、えェ？　戻ればそれで、大団円になるのかい？」

「……黙《だま》れ」

分かっている。戻ったからといって、陽子はこの国を悪夢だと忘れてしまうことはできないだろう。何もかもなかったふりで、以前の通りに生きていくことなどできるはずがない。ましてや、戻ったからといってこの姿が元に戻るという保証があるのか。そうでなければ「中嶋陽子」のいた場所に戻ることはできないのだ。

「浅ましいこったなァ。呆《あき》れた莫迦者だよ、お前はナァ」

きゃらきゃらと遠ざかっていく哄笑を聞きながら、陽子はもう一度身を起こした。どうしてなのか自分でも分からない。莫迦だと思うし浅ましいとも思う。それでもここで諦めるぐらいなら、もっと前に諦めてしまえば良かったのだ。

陽子は自分の身体を思い出す。怪我《けが》だらけで血と泥《どろ》に汚《よご》れたままで。ボロ布のような有様になりつつある服からは、身動きするたびに嫌《いや》な臭気がする。それでもこうしてなりふり構わず守ってきた命だから、簡単に手放す気にはなれなかった。死んでいたほうがましだったというのなら、そもそもの最初、学校の屋上で蠱雕《こちょう》に襲《おそ》われたときに死んでいれば良かったのだ。

死にたくないのでは、きっとない。生きたいわけでも多分ない。ただ陽子は諦めたくないのだ。

帰る。必ずあの懐《なつ》かしい場所に帰る。そこで何が待っているか、それはそのときに考えればいいことだ。帰るためには生きていることが必要だから、守る。こんなところで死にたくない。

陽子は剣に縋って立ち上がった。斜面に突き立て、藪《やぶ》に覆《おお》われた坂を登り始める。これほど緩《ゆる》くこれほど短いのに、これほど辛《つら》い坂を陽子は知らない。

何度も足を滑《すべ》らせ、挫けそうになる自分を励《はげ》まして、上を目指す。呻吟《しんぎん》の果てにようやく伸《の》ばした手の先に街道の縁《ふち》が掛かった。

爪を立てて道に這い上がる。呻きながら街道に身体を引き上げて、平坦《へいたん》な地面の上に突っ伏したとき小さな音が聞こえた。

山道の向こうから聞こえる声に、陽子は思わず苦い微笑《わら》いを浮《う》かべた。

——よくできている。

この世界はどこまでも陽子が憎《にく》いらしい。

山道を近づいてくるその声は、赤ん坊《ぼう》の泣き声にひどく似ていた。

8

殺到《さっとう》してきたのは、いつか山道で陽子を襲った黒い犬の群れだった。

重い剣《けん》を振り上げてそのほとんどを倒《たお》したときには、すでに全身が血みどろだった。躍《おど》りかかってきた一頭を斬《き》り捨てて、陽子は思わず膝を突く。左のふくらはぎに深い咬《か》み傷がある。麻痺《まひ》したように痛みは感じないが、足首から先の感覚が鈍《にぶ》い。真っ赤に染まった足に目をやって、山道に残った敵を見渡す。まだ一頭が残っていた。最後に残った一頭は、すでに倒したほかの獣《けもの》より一廻《ひとまわ》り大きかった。体力にも明らかな差があって、すでに二太刀《たち》を与えているのに少しも堪《こた》えた様子がなかった。

その獣が低く身を屈《かが》めるのを見て取って、陽子は柄《つか》を握り直す。手に馴染《なじ》んだ剣が、切っ先を上げるのさえ困難なほど重かった。酷《ひど》い目眩《めまい》がする。意識が半ば混濁《こんだく》している。跳躍《ちょうやく》してきた影《かげ》に向かって剣を振り上げる。斬るというより、剣を叩《たた》きつける恰好《かっこう》になった。ジョウユウの力を借りてなお、すでにもう剣をただ振り廻すことしかできない。

剣で殴打《おうだ》されて、黒い影が地面に転がる。すぐさま起き上がってもう一度飛びかかってくる鼻面《はなづら》目掛けてとにかく剣を突き出す。

切っ先が獣の顔面を裂《さ》いたが、代わりに鋭利《えいり》な爪が陽子の肩口《かたぐち》を裂いた。衝撃《しょうげき》で剣を取り落としそうになるのをかろうじて受け止め、短く高い声を上げて転がった影に向かって力任せに振り下ろす。

勢いあまって前のめりに倒れながら、なんとかその首に斬りつけるのに成功した。

剣は黒い毛皮を斬り裂いて、そのまま土に食い込む。切っ先を啣《くわ》え込んだ地面に、黒く鮮血《せんけつ》が散った。

倒れた陽子も動けなかったが、同じく倒れた敵も動けなかった。

双方《そうほう》の距離《きょり》はわずかに一メートル、互《たが》いに油断なく、顔だけを上げて相手の様子を窺《うかが》う。陽子の剣は土に食い込んだまま。相手も血泡《ちあわ》を吹いている。

しばらく見合って、先に陽子が動いた。

萎《な》えた手で柄を握り直し、地に突き立った切っ先で体重を支えて身を起こす。

一拍遅《いっぱくおく》れて相手も身を起こしたが、すぐに横ざまに倒れた。

重い重い剣をどうにか持ち上げ、膝でいざって間合いを詰《つ》める。両手で剣を振り上げた。

敵は頭を上げ、唸《うな》り声と一緒《いっしょ》に血泡を噴《ふ》き出した。足が弱く地を掻《か》いたが、起き上がることはできなかった。

両手で支えた剣の重みを、獣の首に向かって落ちるに任せる。血脂《ちあぶら》でぬらぬら光る刀身が毛皮に食い込んで、同時に、爪を出したままの獣の四肢《しし》が痙攣《けいれん》した。

さらに血泡を吐《は》き出した獣が、それと同時に何かを呟《つぶや》いたような気がした。

重い剣をもう一度、渾身《こんしん》の力で引き上げて、落とす。今度は獣は、痙攣さえしなかった。

剣が首の半ばまで食い込んでいるのを見て取って、陽子はようやく柄を放す。そのまま仰向《あおむ》けに転がった。頭上には雲が垂れ込めていた。

しばらく空を睨《にら》んだまま、声を上げて息をする。脇腹《わきばら》が灼《や》けつくように痛かった。息をするたび喉《のど》が裂ける気がする。腕も足も、切断されたように感覚がなかった。

珠《たま》を握り込んでいたかったが、指先でさえ動かすことができなかった。それでただ船《ふな》酔《よ》いのような目眩を堪《こら》えながら、空を流れる雲を見ている。一方の雲が薄く茜色《あかねいろ》に染まっていた。

突然、突き上げるように吐き気が込み上げた。とっさに顔を背《そむ》け、そのままの姿勢で嘔吐《おうと》する。酷い臭《にお》いのする胃液が頬《ほお》を伝う。切迫《せっぱく》した息と一緒に吸い込んで激しくむせた。反射的に寝返《ねがえ》りを打って伏《ふ》せ、しばらく咳《せ》き込む。

——生き延びた。

なんとか、生き延びることが、できた。

咳き込みながら、頭の中でそれを繰《く》り返し、ようやく息が治まったところで、陽子は微《かす》かな音を聞いた。

——土を踏《ふ》む音だった。

「……！」

まだ敵がいたのかと、とっさに顔を上げたが、そのとたん視野が回転する。すっと目の前が暗くなって、地面に顔を突っ込んだ。

起き上がることが、できない。

それでも、一瞬《いっしゅん》にも満たない間に目眩のする目で捉《とら》えたもののことは忘れなかった。

──金の色。

「──ケイキ！」

土に顔を突っ込んだまま叫《さけ》んだ。

「ケイキぃっ!!」

──やはり、お前が。

──お前が、この妖魔《ようま》を。

「理由を言えぇっ!!」

すぐ間近で足音を聞いた。陽子は顔を上げた。

かろうじて上げた視線が最初に捉えたのは、鮮《あざ》やかな色の着物。次いで捉えたのは金の髪《かみ》。

「……どうして」

こんなことを、と言いかけた言葉は声にならなかった。

仰《の》け反《ぞ》るようにして見上げた相手の顔は、ケイキのものではなかった。

「……あ──」

ケイキではない。女、だった。

彼女《かのじょ》はじっと陽子を見降ろしている。陽子は眼《め》を見開いてその瞳《ひとみ》を見返した。

「誰《だれ》……？」

金の髪の似合う女だった。陽子よりも十ばかり年上のようだった。華奢《きゃしゃ》な肩の上に、色鮮やかな大きなオウムが留まっている。

愁《うれ》いを含《ふく》んだ表情がひどく美しく見えた。陽子が下から覗《のぞ》き込む顔には、いまにも泣きそうな表情だけがある。

「誰……だ」

掠《かす》れる声で訊《き》いたが、女はじっと陽子を見つめたまま返答をしなかった。澄《す》んだ眼が、静かに涙《なみだ》を零《こぼ》した。

「なに……？」

彼女は深く瞬《まばた》きをした。頰を透明《とうめい》な涙が伝い落ちていく。

意外なことに言葉を失《な》くした陽子の目の前で、女は顔を背ける。すぐ脇にある獣の死体に目を向けた。少しの間、悲痛な顔でそれを見つめ、ゆっくりと一歩を踏み出す。死体のそばに膝を突《つ》いた。

陽子はそれをただ見守った。言葉は出ず、身動きもまたできない。身を起こそうとする努力ならさっきからしているが、指の一本でさえ動かなかった。

女はそっと手を伸ばして獣に触《ふ》れる。指先に赤いものがついたとたん、何か熱いものに触れたように手を引いた。

「あなた、誰なの……」

女は返答しない。もう一度手を伸ばして、今度は獣に刺《さ》さったままの剣の柄を握《にぎ》って引き抜《ぬ》いた。抜いた剣を地面に置き、獣の首を膝《ひざ》の上に抱《だ》き上げた。

「あなたが、そいつを差し向けたのか」

女は黙ったまま膝の上の毛並みを撫《な》でる。高価そうに見える着物にべっとりと血糊《ちのり》がついた。

「いままでの妖魔もそう？　わたしに何の恨《うら》みがあるの」

女は獣の首を抱いたまま首を振《ふ》る。陽子が眉《まゆ》を顰《ひそ》めたとき、女の肩に留まっていたオウムが羽搏《はばた》いた。

「コロセ」

甲高《かんだか》い声で言ったのは紛《まぎ》れもなくそのオウムだった。陽子ははっと視線を向け、女もまた眼を見開いて自分の肩に留まった鳥を見る。

「トドメヲ、サセ」

女が初めて口を開いた。

「……できません」

「コロセ。イキノネヲ、トメルノダ」

「……お許しを！　それだけはできません！」

女は激しく首を振る。

「ワシノ、メイレイダ。コロセ」

「できません！」

オウムは大きく羽搏いて宙に舞《ま》い上がった。一度だけ旋回《せんかい》し、地面に降り立つ。

「デハ、ケンヲ、ウバッテコイ」

「この剣はこの方のもの。そんなことをしても、無駄《むだ》です」

女の声には哀願《あいがん》する響《ひび》きがある。

「ソレデハ、ウデヲ、オトセ」

オウムは甲高い声で叫んで、地に留まったまま大きく羽搏いた。

「ソレクライハ、ヤッテモラウ。ウデヲ、オトセ。ケンヲ、ツカエヌヨウニ、シロ」

「……できません。第一、あたくしには、この剣は使えません」

「デハ、コレヲ、ツカウガイイ」

オウムは大きく嘴《くちばし》を開く。嘴の奥《おく》の丸い舌のさらに奥から、何か光るものが現れた。

陽子は眼を見開く。オウムは、黒く艶《つや》やかな棒のようなものの先端《せんたん》を吐き出した。驚《きょう》愕《がく》する陽子の目の前で、吐き出し続ける。一分ほどかかって完全に吐き出されたそれは、黒い鞘《さや》をつけた日本刀のような刀だった。

「コレヲ」

「お願いです。お許しください」

女の顔は絶望の色に染まっている。オウムは再び羽搏いた。

「ヤレ！」

声に打たれたように女は顔を覆《おお》った。

陽子は足掻《あが》く。何としても起き上がって逃《に》げねばならない。それでも指先で土を掻いて、それだけでもう精一杯だった。

女は涙に濡《ぬ》れた顔で陽子を振り返る。

「……やめて」

陽子の声は自分にも聞き取れないほど掠れた。

女はオウムが吐き出した刀に手を伸ばす。獣の血で汚《よご》れた手で鞘を払《はら》った。

「やめて。……あなたは、何者なの」

そのオウムは何者なのだ。その獣は、何なのだ。どうしてこんなことをする。

女は微かに唇《くちびる》を動かした。本当に密《ひそ》かな、許してください、という言葉を陽子は聞き取った。

「……お願い、やめて」

　女は刀の切っ先を、土を掻く陽子の右手に向ける。

　不思議なことに女のほうがいまにも倒れそうな顔色をしていた。

　見守っていたオウムが飛んできて、陽子の腕《うで》に留まった。細い爪《つめ》が肌《はだ》に食い込む。どうしたわけか、まるで岩を乗せられたように重い。払い除《の》けたかったが、まったく腕が動かなかった。

　オウムが叫ぶ。

「ヤレ！」

　女は刀を振り上げた。

「やめてぇっ!!」

　渾身の力で腕を動かそうとしたが、萎えて、しかも重しが載《の》った腕が動くよりも、女が刀を振り下ろすほうが速かった。

　痛みはなく、ただ衝撃があった。

　自分の運命を見届けることが、陽子には到底《とうてい》できなかった。

　衝撃が痛みに変化する前に、陽子は意識を手放した。

9

酷《ひど》い痛みで、陽子は意識を取り戻《もど》した。

とっさに目を上げて自分の腕を確認《かくにん》し、陽子はそこに突《つ》き立った刀を見つける。

最初はそれが何を意味するのか、分からなかった。曇天《どんてん》の空に向かって、真《ま》っ直《す》ぐに立った一振りの刀。

一瞬ののちに痛みで我に返った。

刀は陽子の右手を地面に縫《ぬ》い留めていた。

細い刀身が深々と手の甲《こう》に刺さっていた。そこから脈打つような痛みが頭に向かって突き上げてくる。

そっと腕を動かしてみたが、引き裂《さ》かれる痛みに悲鳴が上がる。

目眩《めまい》と痛みを堪《こら》えて身を起こした。縫い留められた手を、これ以上痛めぬように気をつけて、なんとか起き上がる。震《ふる》える左手を伸《の》ばして柄《つか》を摑《つか》んだ。眼を閉じ、歯を食いしばってそれを引き抜く。全身が痙攣《けいれん》するほどの激痛が走った。

抜いた刀を投げ捨て、傷ついた手を胸に抱いて、陽子は獣《けもの》の死体が倒《たお》れた間を転げ廻《まわ》る。悲鳴は声にならない。痛みのあまり猛烈《もうれつ》な吐《は》き気がした。

のたうちながら左手で胸を探《さぐ》る。珠《たま》を握って紐《ひも》を毟《むし》った。握り込んだ珠を右手に当てる。歯ぎしりし、呻《うめ》きながら強く珠を当てて身体《からだ》を丸めた。

宝重《ほうちょう》の奇跡《きせき》は陽子を救った。痛みが速やかに引いていった。しばらくそのまま、息を詰《つ》めるようにして耐《た》えてから身体を起こす。

珠を傷に当てたまま、そっと右手の指を動かそうとしてみたが、手首から先は感覚がなかった。とにかく左手で右手に珠を握らせた。

地面に転がったまま陽子は右手を抱《かか》え込む。薄《うす》く眼を開けて空を見ると、雲はまだ茜《あかね》色《いろ》に染まっている。気を失っていたのは、ごく短い時間だったようだ。

あの女は何者だったのか、どうしてこんなことをしたのか、考えたいことはたくさんあったが、到底思考することができない。とにかく手探りで陽子自身の剣《けん》を捜《さが》し、柄を握ると、剣と右手とを抱き込んで、しばらくそのまま丸くなっていた。

声が聞こえたのは、そうしていくらも経《た》たないころだった。

「……あ」

声のほうに視線を向けると、小さな子供が立ち竦《すく》んでいた。女の子は背後を振り向いて声を上げた。

「お母さん」

小走りに女がやってきた。

子供は邪気《じゃき》のない顔をしていた。その母親は実直そうに見えた。貧しい身なりの、大きな荷物を背負った女だった。

子供も母親も心配そうな色を顔いっぱいに浮《う》かべて駆《か》けてくる。獣の死体を跨《また》ぐときに、気味悪そうに顔を蹙《しか》めた。

陽子には身動きができなかった。それで倒れたまま親子が駆けてくるのを、ぼんやりと見ていた。

助かった、と一瞬だけ思い、そうして不安になった。

陽子はいま、切実に助けが必要だった。酷い痛みは引いたが、まったく消えたわけではない。すでに体力は尽《つ》きている。二度と立ち上がれない気さえした。

だからこそ、嬉《うれ》しいよりも不審《ふしん》な気がする。なんだか話が旨《うま》すぎはしないか。

「……どうしたの？ だいじょうぶ？」

子供の小さな手が陽子の顔に触れる。母親のほうが陽子を抱き起こした。布越《ぬのご》しの体温がなぜだかひどく気持ち悪かった。

「いったいどうしたんだね？ こいつらに襲《おそ》われたのかい？ 怪我《けが》は酷いのかい？」

言って母親は、陽子の右手に目を留める。小さく悲鳴を上げた。

「……まあ、何てこと。ちょっと、お待ち」

女は着物の懐《ふところ》を探った。薄い手拭《てぬぐ》い状の布を引っ張り出して、それで陽子の右手を押《お》さえる。子供は背負った小さな荷物を下ろして、そこから竹の筒《つつ》を出した。それを陽子に差し出す。

「おにいちゃん、お水、いる?」

陽子は一瞬躊躇《ちゅうちょ》する。なんとなく不安を感じた。

荷物の中に入っていたということは、この水筒《すいとう》はこの子が自分のために持っていたもののはずだ。だとしたら、毒など入っているはずがない。差し出すまでに入れた様子もなかった。

そう自分に納得《なっとく》させてから頷《うなず》くと、小さな両手で栓《せん》を抜いた筒を口許《くちもと》に当てがってくれる。温《ぬる》い水が喉《のど》を通って、それで一気に呼吸が楽になった。

母親が陽子に訊《き》く。

「ひょっとして、ひもじいのかい?」

いまは空腹を感じなかったが、自分が飢《う》えていたことは知っていたので陽子はただ頷く。

「どのくらい食べてないんだね」

数を思い出すのが面倒《めんどう》なので、陽子は黙《だま》っていた。

「お母さん、揚《あ》げパンがあるよ」

「ああ、駄目《だめ》、駄目。そんなのじゃ喉を通りゃしないよ。飴《あめ》を出しておあげ」

「うんっ」

子供は母親が下ろした荷物を解く。籠《かご》の中に大小の壺《つぼ》が入っていて、そこから子供が棒に水飴を掬《すく》い出した。何度かこんな荷物を背負った人々を見かけたことがある。おそらく水飴を売り歩く行商なのだろう。

「はい」

今度は躊躇《ためら》わず、陽子はそれを左手で受け取る。口の中に含《ふく》んだ飴は滲《し》みるほど甘《あま》かった。

「旅の途中《とちゆう》かい？　いったい何があったんだい？」

陽子は答えない。本当のことは言えないし、嘘《うそ》を考える気力はない。

「よくもまあ、妖魔《ようま》に襲われて無事だったねえ。――立てるかい？　もう陽《ひ》が落ちる。麓《ふもと》の里まであと少しだ。そこまで歩けるかい？」

陽子は首を横に振《ふ》った。里に行くつもりはないという意思表示のつもりだったが、母親は動けないという意味に取ったのだろう、子供を振り返った。

「ギョクヨウ、里まで走って人を呼んで来ておくれ。時間がないよ。全速力でね」

「うんっ」

「結構《けっこう》です」

陽子は身体を起こした。親子を見据《みす》える。

「ありがとうございました」

突き放すように言って陽子はなんとか立ち上がった。道を横切って険しい上り斜面《しやめん》を作っている反対側へ向かう。

「ちょっと、どこへ行くんだね」

そんなことは陽子にも分からない。だから答えなかった。

「お待ち。もう陽が暮れるよ。山に入ったら死ぬだけだ」

陽子はゆっくり道を渡《わた》る。歩くたびに右手が痛んだ。

「一緒《いっしょ》に里へ行こう」

上り斜面はずいぶんと急で、これを登るのは――ましてや片手が使えない状態で登るのは、ひどく骨が折れそうだった。

「あたしたちは行商でね、バクロウまで行くところさ。怪《あや》しい者じゃない。せめて里へ行こう。ね？」

陽子は道に張り出した枝に手を掛《か》けた。

「ちょっと、あんた！」

「どうしてそんなにムキになるんですか」

陽子が振り返ると女は不思議そうに眼《め》を見開いた。動きかねた子供までが困ったように陽子を見ている。

「ほっといてください。それともあたしが一緒に里に行くと、何かあるんですか」

「そんなことじゃないだろ！　もう陽が暮れるんだよ！　怪我だって——」

「分かってます。……急いだほうがいいですよ。小さい子もいるんだし」

「ちょっと……」

「わたしは、慣れてますから。——飴をありがとう」

困ったように陽子を見ている女は、単に親切なのかもしれなかったし、そうでないのかもしれなかった。どちらかは分からないが、見定めたいとも思わない。

苦労して斜面を一段上ると、下から陽子を呼ぶ声がした。見ると子供が両手を差し上げている。片手には水の入った竹筒が、片手には素焼《すや》きの湯呑《ゆの》みが握《にぎ》られている。湯呑みには水飴が縁《ふち》まで入っていた。

「持ってお行き。あれっぽっちじゃ足りないだろ」

陽子は母親のほうを見る。

「でも」

「いいから。——さ、ギョクヨウ」

促《うなが》されて子供は精いっぱい背伸びをして陽子の足許にそれを置く。置いてから身を翻《ひるがえ》して荷物を背負った母親の許に駆け戻った。

陽子は、ぼんやりと子供が荷物を背負うのを見る。どう反応していいか分からずに、親子が何度も振り返りながら坂道を降りていくのをぼうっと見ていた。

親子の姿が見えなくなってから、陽子は竹筒と湯呑みを拾い上げる。なぜだか膝《ひざ》が崩《くず》れてその場に坐《すわ》り込《こ》んだ。

——きっとこれで良かったんだ。

あの親子が真実善良であるという保証はどこにもない。里に着いてから態度を変えるのかもしれなかったし、たとえそうでなくても陽子が海客《かいきゃく》だと知れば役所に突き出すだろう。切なくても用心はしなければならない。信用してはならない、期待してはいけない。うかつに甘いことを考えれば痛い目に遭《あ》う。

「助けだったのかもしれないのにナァ」

また耳障《みみざわ》りな声が聞こえた。陽子は振り返らずに答えた。

「罠《わな》だったかもしれない」

「これでもう二度と助けはないかもなァ」

「全然助けじゃなかったかもしれない」

「その身体と手で、今夜を乗り切れるのかい」

「何とかなる」

「蹤《つ》いて行きゃあ良かったのにサァ」

「これでいいんだ」

「お前はサア、たった一度の、最初で最後の助かる機会をフイにしたんだ」

「――黙れえっ！」

振り返って薙《な》ぎ払《はら》った先に猿《さる》の首はなかった。きゃらきゃらと笑う声だけが斜面の上、下生《したば》えの中を消えていった。

陽子はなんとなく道を振り返った。黄昏《たそが》れ始めた道に小さな黒い染《し》みが落ちて、初めての雨が降り始めた。

10

その夜はかつてないほど過酷《かこく》な一夜になった。

すでに体力は尽きている。雨は冷たく体温を奪《うば》う。人には辛《つら》い夜なのに妖魔のほうはむしろ活発なぐらいだった。

張りついた服が動きを妨《さまた》げる。萎《な》えてかじかんだ身体は少しも思うように動かない。右手はなんとか感覚が戻《もど》ったとはいえ、少しも握力《あくりょく》が出ない。その手で剣を握るのは途《と》方《ほう》もない難事業だった。しかも雨で柄《つか》が滑《すべ》る。あたりは真の暗闇《くらやみ》で敵の姿が定《さだ》かでない。しかも襲ってくる妖魔は小物だが数が多かった。

泥《どろ》の中に突《つ》っ込み、返り血を被《かぶ》り、自らの怪我《けが》から溢《あふ》れたもので血だらけになった。それすらも雨が洗い流していって、一緒に最後の力までも押し流していく。剣は重く、ジョウユウの気配は希《き》薄《はく》な気がした。構えた剣の切っ先は敵に会うたびに下がっていく。祈《いの》るように何度も空を見上げて夜明けを待った。戦いながら過ごす夜はいつも短いが、この夜に限って敵はひきもきらないのに恐《おそ》ろしく長い。何度も剣を取り落とし、拾い上げるたびに傷だらけになって、ようやく夜明けの気配が見えたころに白い樹影《じゅえい》が見えた。陽子は枝の下に転がり込む。硬《かた》い枝が身体を傷つけた。同時に追い縋《すが》っていた敵の気配が止まる。枝の下で息を整えている間、遠巻きにしていたようだったが、やがて雨の向こうへ消えていった。

敵の気配が消え去ったころ、やっと空が明るんで木立が作る影が見え始めた。

「……助かっ……た」

陽子は息をつく。肩《かた》で息をする口の中に雨の滴《しずく》が降ってきた。

「切り……抜《ぬ》け……た……」

泥を擦《す》り込まれた傷口が疼《うず》いたが、それすらも気にならなかった。しばらく寝《ね》転《ころ》んだまま息を整えて、白い枝を透《す》かして見える空がどんよりと明るむのを待った。息が治まるとひどく寒かった。白い枝は雨を遮《さえぎ》らない。抜け出してどこかで雨宿りしなければならないと分かっていても身体が動かなかった。

必死で珠《たま》を握りしめる。指の先を温める奇妙《きみよう》な力を懸命《けんめい》に取り込んで蓄《たくわ》えようとしてみる。渾身《こんしん》の力で寝返りを打ち、這《は》って樹《き》の下から抜け出し、とにかく斜面の低いほうへ動いてみる。濡《ぬ》れた草と土のせいで、這うのは結構、楽だった。

できるだけ街道《かいどう》を外れないように移動したはずだが、光のない深夜、敵に追い立てられてのことだから、どれほど山の奥《おく》へ迷い込んでいるか想像もつかなかった。

珠に縋り、剣に縋って立ち上がる。

怪我をしている自覚はあり、酷《ひど》い痛みを感じていることも分かっていたが、どこが痛いのかはよく分からない。一歩、足を進めるごとに膝が崩れそうになるのを持ち堪《こた》えなくてはならなかった。

半ば這って斜面を降りると、街道とは思えない細い道に出た。轍《わだち》の跡《あと》は見えないし、馬車が通れるほどの道幅《みちはば》もない。そうして、そこが限界だった。膝を突いて、木肌《きはだ》に爪《つめ》を立てて身体《からだ》を支えようとした手はまったく用をなさなかった。

頭からぬかるんだ道に突っ込んで、それきり身動きができない。

手の中に固く珠を握り込んだが、そこからやんわりと押し寄せてくる温《ぬく》もりは何の慰《なぐさ》めにもならなかった。そこから補給されるものよりも、雨に溶《と》けて流されていくもののほうが数段多い。それはついに宝重《ほうちよう》の奇跡《きせき》が及ばなくなったことを意味した。

——こんなところで死ぬのか。

そう思うと、少し笑えた。

クラスメイトの中でも、野垂れ死にするのは陽子だけだろう。違《ちが》う世界の人たちだ。彼女《かのじょ》たちにはいつでも帰れる家があり、守ってくれる家族があり、決して飢《う》えることのない未来が約束されている。

できる限りのことはした。これが限界。諦《あきら》めたくはなかったが、どんなに努力してももう指一本動かせなかった。限界まで耐《た》えた御褒美《ごほうび》がこの緩《ゆる》やかな死なら、我慢《がまん》した値打ちがあったのかもしれない。

雨音に混じって高く澄《す》んだ音がした。眼を上げると頬《ほお》のすぐそばに落ちた剣が、淡《あわ》く光を放っていた。地面に顔を伏《ふ》せた陽子の眼からは刀身はよく見えなかったが、それでも地を叩《たた》く雨足が霞《かす》んで薄《うす》い影《かげ》が見えた。

——中嶋は、と男の声が聞こえた。

陽子の担任が坐っていた。そこがどこなのかはよく分からない。

「中嶋は穏和《おとな》しくて真面目《まじめ》な生徒でしたよ。少なくとも担任にとっては、あれくらい楽な生徒はなかったです」

担任は誰《だれ》かに向かって話をしていた。その相手の声が聞こえる。太い男の声だった。

「素行の悪い連中と付き合っていたというようなことは？」

「分かりません」

「分からないんですか」

担任は肩を竦《すく》める。

「中嶋は絵に描《か》いたような優等生でしたからね。どんな生活をしているのか、ひょっとしたら道を踏《ふ》み外していないか、心配する必要がなかったんです」

「妙な男が学校に乗り込んで来たんでしょう？」

「そうなんですが。中嶋はあいつとは面識がないようでしたがね。実際のところどうだったのか、わたしには分かりません。なんだか中嶋には得体《えたい》の知れないところがありましたから」

「得体が知れない？」

担任は渋《しぶ》い顔をする。

「ちょっと言葉が違うかな。うまく言えないんですが。中嶋はね、優等生でしたよ。クラスの生徒とも上手に折り合いをつけていた。両親との関係もいいようだった。でもねえ、そういうことはありえないんですよ」

「……ほう？」

「わたしがこんなことを言ってはいけないのでしょうが、教師は教師の都合を押しつけ、友達《ともだち》は友達の都合を押しつける。親は親の都合しか言わない。誰も彼《かれ》もが勝手な学生像を作って無理やりそこに押し込もうとするんです。この三者の意見が一致《いっち》することなんかありえません。教師と親の期待通りであれば、生徒にとっては鼻持ちがならない。誰にとってもいい子であったということは、誰に対しても合わせていたということじゃないかと思うんです。だからだろうと思うんですが、中嶋は誰ともうまくやってた代わりに、誰とも特別親しくなかった。誰にとっても都合がいいだけで、それ以上ではなかったんだと思います」

「先生はいかがです？」

担任はさらに渋い顔をした。

「本音を言いますとね、教師にとっては多少手を焼かせて目が離《はな》せないような生徒のほうが可愛《かわい》いんです。わたしは中嶋をいい子だと思っていましたけどね、きっと卒業してしまえば忘れてしまったでしょう。十年あとに同窓会があっても、覚えてなかっただろうと思いますよ」

「……なるほど」

「中嶋が故意にそう振《ふ》る舞《ま》っていたのか、いい子でいようとするあまりそういうことになったのか、それはわたしにも分かりません。故意にそう振る舞っていたのだったら、陰《かげ》で何をやっていたか想像もつかない。故意でなければ、そんな自分に気がついたときひどく虚《むな》しいだろうと思うんですね。自分はいったい何だったのか、虚しく思ってふいと姿を消す、そういうことがあっても不思議じゃないような気がします」

陽子は呆然《ぼうぜん》と担任の姿を見ている。その姿が薄くなって、代わりに一人の少女が現れた。陽子とは比《ひ》較《かく》的仲の良かった生徒だった。

「君は中嶋さんと親しかったと聞いたけど？」

と、声が訊《き》くと少女は険のある眼つきをする。

「べつに。特に仲が良かったわけじゃないです」

「そうなの？」

「そりゃ、学校でならちょっとは話をしましたけど。べつに学校の外で会うわけじゃないし、家に電話をするわけでもないし。多少はそういうこともありましたけど、そんなのクラスメイトとしてのお付き合いの範囲《はんい》内です」

「なるほどね」

「だから、あたしにあいつのこと訊かれても分かりません。当たり障りのない話しかしなかったし」

「彼女を嫌《きら》いだったのかい？」

「特に嫌《いや》な奴《やつ》じゃなかったけど、いい奴だとも思ってませんでした。なんか、いつも適当に話を合わせてるような感じがあったんですよね。嫌いじゃなかったけど、面白《おもしろ》くなかったから」

「ふうん？」

あたしは嫌いでした、と言ったのは別の少女だった。

「だって中嶋さんって、八方美人だったんですもん」

「八方美人？」

「そうです。あたしたちが誰かの悪口を言ってたとするでしょ？　そうしたら、頷《うなず》くんですよ。そうだね、って。でもそいつがあたしたちの悪口を言ってると、今度はそれにも頷くんです。誰にも彼にもいい顔ばっかりして、だから嫌いだった。仲が良かったなんて、とんでもないです。愚痴《ぐち》を言うのには良かったですけど。何を言っても頷いてくれましたから。それだけです」

「――ふむ」

「だから、家出なんだと思いますよ。彼女が陰で変な連中と付き合ってて、そいつらと、教師もクラスメイトもバカだ、ふざけんじゃねぇ、なんて気炎《きえん》を上げてても驚《おどろ》きません。そういうのって、ありそうな感じがする。そういう得体の知れない感じってありましたから」

「何かの事件に巻き込まれた可能性もあるんだがね」

「だったら、陰で付き合ってた連中と何か揉《も》めたんじゃないですか。あたしには関係ないです」

あたしは大嫌いでした、と言ったのはさらに別の少女だった。

「だから、正直言っていなくなってすっとしてます」

「君は、クラスで虐《いじ》められてたんだって？」

「そうです」

「中嶋さんも参加してたの？」

「してました。みんなと一緒《いっしょ》になってあたしのこと無視して、それでも自分はいい子の顔をしてたんです」

「……ふむ？」

「みんながあたしに酷いことを言うでしょ？　そういうとき、中嶋さんって、積極的に参加しないんです。いつも自分はこういうことは嫌いなんだけど、って顔をしてるんです。そういうのって、卑怯《ひきょう》だと思う」

「なるほど」

「自分だけは善人の顔をして、あたしのほうを気の毒そうに見るんです。でも、みんなを止めないの。だから余計に腹が立った」

「そうだろうね」

「家出でも誘拐《ゆうかい》でも、あたしには関係ないです。中嶋さんは加害者で、あたしは被害者《ひがいしゃ》だったんだから。そんな人に同情するような、中嶋さんみたいな偽善者《ぎぜんしゃ》になりたくないです。あたしのこと、疑ってもらってもいいです。あたしは中嶋さんが嫌いだったし、あの人がいなくなって嬉《うれ》しい。これが本当の気持ちです」

　そんな子じゃありません、と言ったのは母親だった。悄《しお》れたようにどこかに坐ってい
る。

「いい子だったんです。家出をするような子じゃありません。不良と付き合うような子
でもありません」

「しかし、陽子さんは家庭に不満があったようですね」

　母親は眼《め》を見開く。

「陽子が？　そんなはずはありません」

「ずいぶんと同級生に零《こぼ》していたようですよ。御両親が厳しい、と言って」

「それはときには叱《しか》ったりもしましたけど、親なんだから当たり前でしょう？　いいえ、
そんなはずはありません。あの子は不満そうな様子なんてこれっぽっちも」

「では、家出の理由に心当たりはないんですね？」

「ありません。そんなこと、するはずがありません」

「学校に陽子さんを訪ねてきた男にも心当たりがない？」

「ありません。そんな人と付き合うような子じゃありません」

「では、なぜいなくなったのだと思われますか？」

「学校の帰りにでも、誰かに――」

「残念ながら、その形跡はありませんでした。陽子さんは職員室から男と一緒に出ていって、そのままどこかに行ったと思われます。べつに無理やり引っ張っていかれたとか、そういうわけではなかったようです。親しいようだったと言っておられた先生もいらっしゃいましたが」

母親は俯《うつむ》いてしまう。

「面識はないと陽子さんは言っておられたようですが、たとえ面識はなくても、何らかの関係があったのではないかと思います。共通の知人がいるとかの。いちおう捜索《そうさく》はしてみますが……」

「陽子は本当に家の不満を零していたんでしょうか？」

「そのようですね」

母親は顔を覆《おお》った。

「不満があるようには見えませんでした。家出をするような子でも、陰に隠《かく》れて悪い友達と付き合うような子でもないと思っていました。変な事件に巻き込まれるような子でもないと」

「子供というのは、なかなか親に本音を見せませんからね」

「よそさまのお宅の話を聞いて、陽子はなんて出来た子だろう、と思ってました。いまから考えると、可怪《おか》しいと思ってみなければいけなかったのかもしれません」

「そうそう子供は親の都合のいいようには育ってくれませんから。うちの子供もどうしようもない悪餓鬼《わるがき》ですよ」

「そうなんですね……。あの子はいい子の顔をして、体《てい》よく親をあしらっていたんですね。わたしたちはうっかりそれに騙《だま》されて。子供を信じていたのが仇《あだ》になったんだわ」

(お母さん、違う……)

泣きたかったが涙《なみだ》は出なかった。違う、と声にはならないまま口だけを動かすと、それですとんと幻《まぼろし》が消えた。

あたりは一面の水溜《みずた》まり、陽子は顔を泥《どろ》の中に半ば伏せて、すでに立ち上がる余力はない。陽子がいまこんな状況《じょうきょう》に置かれていることなど、誰一人想像しえないに違いない。これを知らないから、あんな勝手なことが言えるのだ、とそう思った。

こんな世界に放《ほう》り込まれて、ひもじくて、切なくて怪我《けが》だらけで、もう立ち上がることさえできなくて。それでも帰りたいと、それだけで歯を食いしばってきたのに。実を言えば陽子が故国で持っていたものは、こんな人間関係でしかなかったわけだ。

——どこに帰るつもりだったのだろう。

待っている人などいないのに。陽子のものは何一つなく、人は陽子を理解しない。騙す、裏切る。それにかけてはこちらもあちらも何の差異もない。

——そんなことは分かっていた。

それでも陽子は帰りたかったのだ。
妙に笑えて、大声で笑ってみたかったが雨に凍《こご》えた顔は少しも笑ってくれなかった。
泣きたい気もしたが、涙は涸《か》れていた。
――もういい。
もう、どうでもいいことだ。じきに全部が終わるのだから。

（下巻へつづく）

しゃばけ
日本ファンタジーノベル大賞優秀賞受賞
畠中　恵著

大店の若だんな一太郎は、めっぽう体が弱い。なのに猟奇事件に巻き込まれ、仲間の妖怪と解決に乗り出すことに。大江戸人情捕物帖。

ぬしさまへ
畠中　恵著

毒饅頭に泣く布団。おまけに手代の仁吉に恋人だって？　病弱若だんな一太郎の周りは妖怪がいっぱい。ついでに難事件もめいっぱい。

アコギなのか
リッパなのか
―佐倉聖の事件簿―
畠中　恵著

政治家事務所に持ち込まれる陳情や難題を解決するは、腕っ節が強く頭が切れる大学生！「しゃばけ」の著者が贈るユーモア・ミステリ。

僕僕先生
日本ファンタジーノベル大賞受賞
仁木英之著

美少女仙人に弟子入り修行!?　弱気なぐうたら青年が、素晴らしき混沌を旅する冒険奇譚。大ヒット僕僕シリーズ第一弾！

薄妃の恋
―僕僕先生―
仁木英之著

先生が帰ってきた！　生意気に可愛く達観しちゃった僕僕と、若気の至りを絶賛続行中な王弁くんが、波乱万丈の二人旅へ再出発。

胡蝶の失くし物
―僕僕先生―
仁木英之著

先生が凄腕スナイパーの標的に?!　精鋭暗殺集団「胡蝶房」から送り込まれた刺客の登場で、大人気中国冒険奇譚は波乱の第三幕へ！

梨木香歩著

裏　庭

児童文学ファンタジー大賞受賞

荒れはてた洋館の、秘密の裏庭で声を聞いた——教えよう、君に。そして少女の孤独な魂は、冒険へと旅立った。自分に出会うために。

梨木香歩著

西の魔女が死んだ

学校に足が向かなくなった少女が、大好きな祖母から受けた魔女の手ほどき。何事も自分で決めるのが、魔女修行の肝心かなめで……。

梨木香歩著

からくりからくさ

祖母が暮らした古い家。糸を染め、機を織る、静かで、けれどもたしかな実感に満ちた日々。生命を支える新しい絆を心に深く伝える物語。

和田　竜著

忍　び　の　国

時は戦国。伊賀攻略を狙う織田信雄軍。迎え撃つ伊賀忍び団。知略と武力の激突。圧倒的スリルと迫力の歴史エンターテインメント。

和田　竜著

村上海賊の娘（一～四）

本屋大賞・親鸞賞・吉川英治文学新人賞受賞

信長vs.本願寺、睨み合いが続く難波海に敢然と向かう娘がいた。壮絶な陸海の戦いが幕を開ける。木津川合戦の史実に基づく歴史巨編。

雪乃紗衣著

レ　ア　リ　ア　Ⅰ

長年争う帝国と王朝。休戦派の魔女家の少女は帝都へ行く。破滅の〝黒い羊〟を追って——。世代を超え運命に挑む、大河小説第一弾。

月《つき》の影《かげ》 影《かげ》の海《うみ》（上）

十二国記

新潮文庫　お-37-52

平成二十四年七月一日 発行
令和 二 年五月十五日 十九刷

著者 小《お》野《の》不《ふ》由《ゆ》美《み》

発行者 佐藤隆信

発行所 株式会社 新潮社

郵便番号 一六二―八七一一
東京都新宿区矢来町七一
電話 編集部(〇三)三二六六―五四四〇
読者係(〇三)三二六六―五一一一
http://www.shinchosha.co.jp

価格はカバーに表示してあります。

乱丁・落丁本は、ご面倒ですが小社読者係宛ご送付ください。送料小社負担にてお取替えいたします。

印刷・凸版印刷株式会社　製本・加藤製本株式会社

ISBN978-4-10-124052-7 C0193